सुनील गंगोपाध्याय

बांग्ला के शीर्षस्थ साहित्यकारों में शुमार सुनील गंगोपाध्याय का जन्म 7 सितम्बर, 1934 को फरीदपुर में हुआ, जो अब बांग्लादेश में है। उन्होंने कोलकाता विश्वविद्यालय से एम.ए. किया। आनन्द बाजार प्रतिष्ठान की पत्रिका 'देश' से सम्बद्ध रहे। लेखन की शुरुआत कविताओं से हुई। पहला कविता-संग्रह 'एका एवं कयेकजन' ('अकेले एवं कई लोग') प्रकाशित। कवि के रूप में जब ख्याति के शीर्ष पर थे तब अचानक उपन्यास लिखना शुरू कर दिया। पहला उपन्यास 'आत्म प्रकाश' 'देश' पत्रिका के शारदीय विशेषांक में छपा। बच्चों के लेखक के रूप में भी खूब लोकप्रिय रहे। 'नील लोहित', 'सनातन पाठक' और 'नील उपाध्याय' छद्मनामों से भी लिखा। 'कृत्तिवास' पत्रिका के संस्थापक-सम्पादक रहे।

हिन्दी में अनूदित और प्रकाशित उनकी प्रमुख कृतियाँ हैं—'सुदूर झरने के जल में', 'छविगृह में अँधेरा है', 'रानू और भानु', 'स्नेह वर्षा', 'बीता काल', 'चित्रकला कविता के देशे', 'प्रेम नहीं, स्नेह'।

उन्हें दो बार 'आनन्द पुरस्कार' से पुरस्कृत किया गया। 1983 में 'बंकिम पुरस्कार', 1985 में 'साहित्य अकादेमी पुरस्कार' और 2004 में वे 'सरस्वती सम्मान' से सम्मानित हुए।

निधन : 23 अक्टूबर, 2012

प्रेम नहीं, स्नेह

सुनील गंगोपाध्याय

अनुवाद
दिलीप कुमार बनर्जी

राजकमल पेपरबैक्स

पहला पुस्तकालय संस्करण
राजकमल प्रकाशन प्राइवेट लिमिटेड द्वारा
1987 में प्रकाशित

राजकमल पेपरबैक्स में
पहला संस्करण : 1988
पाँचवाँ संस्करण : 2025

राजकमल पेपरबैक्स : उत्कृष्ट साहित्य के जनसुलभ संस्करण

राजकमल प्रकाशन प्रा.लि.
1-बी, नेताजी सुभाष मार्ग, दरियागंज
नई दिल्ली-110 002
द्वारा प्रकाशित

शाखाएँ : अशोक राजपथ, साइंस कॉलेज के सामने, पटना-800 006
पहली मंजिल, दरबारी बिल्डिंग, महात्मा गांधी मार्ग, प्रयागराज-211 001
1, अनमोल सोराबजी सन्तुक लेन, धोबी तलाव, मरीन लाइंस, मुम्बई-400 002

वेबसाइट : www.rajkamalprakashan.com
ई-मेल : info@rajkamalprakashan.com

विकास कंप्यूटर्स एंड प्रिंटर्स
ट्रॉनिका सिटी-201 102
द्वारा मुद्रित

मूल्य : ₹ 199

PREM HANIN, SNEH
Novel by Sunil Gangopadhyaya
Translated by Dilip Kumar Banerjee

ISBN : 978-81-19028-11-5

उत्सर्ग

इस कथा के नायक को

प्रस्तावना

मैं अपने मित्र कमाल की जिन्दगी का एक अध्याय प्रस्तुत कर रहा हूँ।

कमाल से मेरी पहली मुलाकात न्यूयार्क के ग्रे-हाउंड बस टर्मिनल पर हुई थी। वह मुलाकात भी काफी नाटकीय थी। नवम्बर का महीना होने पर भी ठंड की ठिठुरन नहीं थी, हालाँकि किसी भी वक्त हिमपात हो सकता था। भारी-भरकम गरम कपड़ों को मिलाकर हमारे साथ कुल सामान काफी वज़नी हो गए थे। वहाँ हमारे इन्तजार में किसी के रहने की बात नहीं थी, किसी परिचित से मुलाकात हो पाएगी इसकी भी हमें कोई उम्मीद नहीं थी।

ग्रे-हाउंड बस टर्मिनल एक विशाल बस अड्डा है, शायद हावड़ा का रेलवे स्टेशन भी उससे छोटा हो। इसकी इमारतें भी कई मंजिल की थीं। पहले-पहल वहाँ पहुँचकर कुछ दिग्भ्रमित-सा लगता था। यद्यपि मैं वहाँ पहले भी दो-एक बार जा चुका हूँ, कई साल पहले, किन्तु इस बीच काफी कुछ बदल चुका था। अत: मेरी भी स्थिति किसी नवागत की तरह ही थी। मैं स्वाति को भरोसा दे रहा था कि चिन्ता की कोई बात नहीं, हमें अपने गन्तव्य तक पहुँचने में खास दिक्कत नहीं होगी।

हमें स्निग्धा मुकर्जी तथा अम्बुज मुकर्जी के घर पर मेहमान बनने के लिए आमंत्रण मिला था। वे न्यूयार्क शहर से कुछ दूर स्कार्सडेल में रहते थे। ग्रेंड सेंट्रल स्टेशन पर पहुँचकर हमें वहाँ के लिए लोकल ट्रेन पकड़नी थी। भीड़ में से होकर हम बाहर सड़क की ओर बढ़ ही रहे थे कि अचानक आकर्षक कपड़ों में सुसज्जित एक सुदर्शन युवक ने मेरे सामने आकर पूछा—"तुम सुनील हो न? और ये अवश्य स्वाति हैं? आओ मेरे साथ..."

इससे पहले कि मैं कुछ कहता, उसने मेरे हाथ से सबसे भारी सूटकेस ले लिया और स्वाति का हैंड-बैग भी लगभग जबर्दस्ती खींच लिया। फिर वह इतने तेज कदमों से आगे बढ़ गया कि हमें उसे पकड़ने के लिए लगभग दौड़ना ही पड़ा।

बाहर निकलकर उसने कहा—"मेरे साथ एक गाड़ी है, उसमें बहुत-सा सामान ठसाठस भरा हुआ है, इसलिए तुम लोगों को कुछ तकलीफ तो होगी। पर कुछ तकलीफ के साथ सही, पहुँच जाओगे—कोई डेढ़ घंटे ही तो लगेंगे। ओह, मैंने तो अपना परिचय ही नहीं दिया! मेरा नाम कमाल है। स्निग्धा दीदी ने कहा था कि तुम लोग आ रहे हो, मैं इधर से ही गुजर रहा था, इसीलिए...।"

ग्रे-हाउंड बस-टर्मिनल पर पचासों देश के लोग उतरते हैं, उनमें भारतीयों की संख्या भी कुछ कम नहीं होती। कमाल ने हमें पहचाना कैसे? विदेश के हवाई अड्डे, रेलवे स्टेशन या बस टर्मिनल पर किसी अपरिचित व्यक्ति को जो लोग लिवाने आते हैं वे साधारणत: आगन्तुक की एक तस्वीर लिये रहते हैं, अगर फोटो न हो तो एक तख्ती पर अतिथि का नाम लिखकर उसे ऊँचा टाँगे रहते हैं।

कमाल ने बताया, "मुझे इन सब चीजों की जरूरत नहीं पड़ती, मैं ठीक समझ जाता हूँ। अब तक कितने ही लोगों को 'रिसीव' कर चुका हूँ, मुझसे कभी चूक नहीं हुई।"

कमाल ने मुझे पहले कभी भी नहीं देखा था, न तो उसने मेरी तस्वीर ही देखी थी। उसने मेरा नाम भी कभी सुना हो, इसकी भी गुंजाइश कम थी। वह मुझे एक लेखक के रूप में भी नहीं जानता था। इसके बहुत से कारण हो

सकते थे जिनमें से एक यह भी था कि उसकी आदत किताब पढ़ने की कतई नहीं थी। बाद में मुझे मालूम हुआ था कि वह बहुत चंचल प्रकृति का इनसान था, किसी जगह ज्यादह देर बैठने की उसकी आदत नहीं थी, उसमें पुस्तकें पढ़ने का धीरज भी नहीं था।

बाद में मुझे यह भी मालूम हुआ कि उस शाम स्कार्सडेल की ओर जाने की उसे कोई जरूरत नहीं थी। हमें वहाँ पहुँचाने के बाद ही वह वहाँ से खिसकना चाहता था, कुछ देर के बाद चला भी गया। उसे बोस्टन लौटना था जिसके लिए उसे सारी रात गाड़ी चलानी पड़ी थी। यदि उसे बोस्टन लौटने की इतनी ही जल्दी थी तो क्यों हमारे लिए विपरीत दिशा में उतनी दूर गया वह? हम तो उसके लिए अपरिचित थे और हमारा कोई अहसान भी नहीं था उस पर।

कमाल से यह बात पूछी तो वह सिर्फ हँसता रहा। उसकी हँसी भी उस बच्चे की तरह थी जो कोई शरारत करता हुआ पकड़ा गया हो।

पहली ही मुलाकात में कमाल ने हमें 'तुम' कहकर सम्बोधन किया था। किसी के साथ घनिष्ठता होने के बाद भी 'आप' से 'तुम' पर उतरते हम जैसे शहरी लोगों को काफी समय लग जाता है। बहुधा हम 'तुम' पर उतर ही नहीं पाते, रिश्ता 'आप' में टिका रहता है। कमाल को इतना सब्र नहीं था; बाद में सम्बन्ध घनिष्ठ होंगे या नहीं, इसकी भी उसे परवाह नहीं थी। वह दुनिया भर के लोगों को अपना रिश्तेदार मानकर चलता था।

कमाल बहुत बातूनी था। न्यूयार्क से स्कार्सडेल जाते समय लगातार उसकी बातें सुनते हुए ही जैसे कुछ देर पहले की लम्बी बस यात्रा की थकान हममें से काफूर हो गई थी। कोई कारण नहीं था कि उसका साथ हमें न भाता। मुझे तभी यह अहसास हुआ था कि कमाल कुछ अलग प्रकृति का इनसान है।

स्कार्सडेल पहुँचकर मैंने जेब टटोलकर देखा, एक ही सिगरेट रह गई थी मेरे पास। राह में कहीं से सिगरेट खरीदने की बात मेरे दिमाग में थी अवश्य, किन्तु अन्त तक भूल गया था। स्कार्सडेल छोटी जगह थी, रात के आठ बजने के बाद वहाँ की अधिकांश दुकानें बन्द हो जाती थीं। मन-ही-मन सोचा, रात यूँ ही गुजारनी पड़ेगी, फिर सुबह देखा जाएगा।

किन्तु कमाल ने ठीक भाँप लिया था। उसने पूछा, "सिगरेट नहीं है? तब तो बहुत मुश्किल है! जो सिगरेट पीते हैं, वे तो बिना सिगरेट के रह ही नहीं सकते। खैर, मैं ला देता हूँ।"

उसे मैं मना करता रह गया, पर वह सुने तब न! वह खुद सिगरेट नहीं पीता था, पर मेरे लिए सिगरेट की तलाश में अपना स्टेशन वैगन लेकर निकल गया। कोई आधे घंटे के बाद ढूँढ़-ढाँढ़कर कहीं से वह दस पैकेट सिगरेट लेकर हाजिर हुआ। उसी ब्रैंड की सिगरेट थी जो मैं पीता था। मेरी पुरजोर कोशिश के बावजूद उसने सिगरेट की कीमत नहीं ली।

मुझे लगा कि उपकार के नाम पर उसने उपद्रव शुरू कर दिया था।

स्वाति को किसी और से कुछ भी ग्रहण करने में संकोच होता था, कमाल के व्यवहार से वह शर्म से गड़ी जा रही थी।

कुछ ही देर में हम यह स्पष्टतः समझ गए थे कि स्निग्धा दीदी और अम्बुज भैया (अम्बुज मुखोपाध्याय स्वनामधन्य अध्यापक थे, हाल ही में उनकी आकस्मिक मृत्यु हुई है। वे अत्यन्त गुणी और सज्जन व्यक्ति थे। यदि स्वर्ग नाम की कोई जगह वाकई है, तो उन्हें निश्चित रूप से वहीं जाना चाहिए।) के घर का दरवाजा कमाल के लिए हर वक्त खुला रहता था। वह जब-तब रसोई में घुस जाता, बैठक के कागज-पत्र करीने से सजा देता। एक फ्यूज्ड बल्व बदलकर उसने नया बल्ब लगा दिया। स्निग्धा दीदी को रसोई में मदद देने के लिए प्याज छीलने बैठ गया। एक क्षण भी वह कहीं स्थिर होकर नहीं बैठता था।

स्निग्धा दीदी ने उसे रात में रुकने के लिए कहा, पर वह रुका नहीं। अगले दिन सुबह ही उसे बोस्टन में जरूरी काम था।

स्निग्धा-दी ने उसे खाना खाकर जाने के लिए कहा, उस पर भी वह राजी नहीं हुआ। भरपेट भोजन के बाद वह रात भर गाड़ी नहीं चला पाएगा, गाड़ी चलाते हुए भी पलकें झपकने लगेंगी। राह में कुछ बिस्किट खा लेगा।

स्निग्धा-दी ने उसे सस्नेह झिड़का था—"बहुत पागल है यह लड़का।"

इसके बाद कुछ दिनों के अन्तराल में कमाल के साथ हमारी कई

मुलाकातें हुईं। हर मुलाकात में हमारा विस्मय बढ़ जाता था। उसके जैसा लापरवाह परोपकारी इनसान मैंने अपनी जिन्दगी में दूसरा नहीं देखा। वह धूम्रपान नहीं करता था, शराब नहीं पीता था, अरसे से इस उन्मुक्त नैतिकता के देश में रहकर भी वह लड़कियों के पीछे नहीं भागता था। उसे नशा एक ही था—परोपकार का नशा। इसी नशे में वह हमेशा फुर्तीला बना रहता था।

कमाल का जन्म ढाका शहर में हुआ था। उसका जन्म एक सम्भ्रान्त सम्पन्न परिवार में हुआ था। अचल सम्पत्ति के अलावा वह परिवार कई स्टीमरों का भी मालिक था। कमाल चाहता तो ढाका में ही नवाबी ठाट से अपनी गुजर-बसर कर सकता था। किन्तु वह विदेश चला आया था किसी और ही मकसद से।

उस समय स्वतंत्र बांग्लादेश स्थापित नहीं हुआ था। पश्चिमी पाकिस्तान के दबाव और शोषण से पूर्वी पाकिस्तान में विक्षोभ की आँधी उठ रही थी। छोटी उम्र में ही कमाल की यह धारणा बन चुकी थी कि बंगाली अगर सिर्फ राजनीति करें और अर्थनीति की बात न सोचें तो बंगालियों के जीने के आसार नहीं हैं। बंगाली वाणिज्य के बारे में नहीं सोचते थे, इसी से पूर्वी पाकिस्तान के सारे व्यवसाय कुछ गिने-चुने पश्चिमी पाकिस्तानी परिवारों की मुट्ठी में थे।

व्यवसाय सीखने के लिए ही कमाल पश्चिमी दुनिया में चला आया था। उसकी इच्छा सिर्फ खुद का धन्धा स्थापित करने की नहीं थी, वह नियमित रूप से निर्धन बंगाली युवकों को देश से बुलाकर उनकी शिक्षा-दीक्षा में भी मदद करना चाहता था और उन्हें भी अपना धन्धा स्थापित करने का रास्ता दिखाना चाहता था। वह चाहता था कि बांग्लादेश में चीजों का उत्पादन हो और पश्चिमी देशों में उसका निर्यात हो। इससे देश के कारीगर भी पनप सकेंगे।

किन्तु विदेश पहुँचकर किसी के अकेले प्रयास से कोई धन्धा स्थापित करना उतना आसान नहीं था। छठे दशक से ही अफ्रीका के विभिन्न देशों से भारतीय मूल के हिन्दू-मुसलमान झुंड बनाकर इंग्लैंड और अमरीका पहुँचने लगे थे। उनके पास पूँजी भी थी और दो-तीन पीढ़ियों की व्यावसायिक अभिज्ञता भी। इससे वे सहज ही फिर से अपने पाँव जमा सके थे।

कमाल को हथियार डालना नहीं आता था, वह भी जी-जान से अपने धन्धे में जुटा रहा। शुरू के कई वर्ष कनाडा में बिताने के बाद वह सारे अमरीका के चक्कर काटने लगा। उसने गौर किया कि अमरीकी बहुत जल्दी-जल्दी फैशन बदलते हैं। इस पहलू पर उसने काफी सोच-विचार किया और सतर्क होकर देखता रहा कि किन चीजों की आगे खपत बढ़ सकती है। इसके बाद वह धीरे-धीरे सुपर मार्केट की श्रृंखला में एक-एक सामान लेकर पहुँचने लगा।

कमाल की खुद की हालत जब डाँवाँडोल थी और किसी तरह वह किसी महीने कुछ लाभ करता तो अगले ही महीने नुकसान उठाता, तब भी परोपकार का नशा उस पर हावी रहता। उसे मालूम भर हो जाए कि देश से कोई आ रहा है, वह जरूर हवाई अड्डे पर पहुँचता उससे मिलने के लिए, फिर आगन्तुक के पास रहने का जुगाड़ न हो तो उसे अपने घर पर लाकर टिकाता। किसी को नौकरी नहीं मिल रही, तो उसकी नौकरी के लिए कमाल दौड़-धूप करता, कालेज में दाखिल होने के लिए किसी के पास रुपये नहीं हैं तो यह जिम्मेदारी भी वह अपने मत्थे ले लेता और जैसे भी बन पड़े उसके लिए रुपये की व्यवस्था करता। यह सब काम उसके लिए रोज के स्नान, आहार व निद्रा की तरह स्वाभाविक था। नहीं, शायद यह तुलना भी ठीक नहीं, काम के बोझ से स्नान, आहार और नींद के लिए भी कोई सही वक्त नहीं था उसके पास। जैसाकि मैं पहले ही कह चुका हूँ, हमें स्कार्सडेल पहुँचाने के बाद कमाल को सारी रात जागकर गाड़ी चलाकर बोस्टन लौटना पड़ा था, स्निग्धा-दी के घर पर अच्छे-अच्छे पकवान देखकर भी उसने कुछ खाया नहीं था।

कमाल की सहायता पाकर यदि कोई कुंठित होता तो कमाल कहता—"अरे, रुको भी, देखना बहुत जल्दी मैं इतने रुपये रोजगार से पैदा करूँगा कि किसी को भी किसी चीज की कमी नहीं रह जाएगी। एक फंड रख दूँगा अलग से, ताकि जब जिसे जरूरत पड़े वहाँ से लेकर खर्च करे। मुझसे पूछने की भी आवश्यकता नहीं पड़ेगी।"

कमाल रोजगार करना चाहता था, औरों की जरूरतें पूरी करने के लिए। यूँ जिसके पास अधिक होता है, वह औरों को कुछ देना नहीं चाहता, जिनके

पास कम पैसे होते हैं वे ही अपने सामर्थ्य के अनुसार औरों की मदद किया करते हैं। किन्तु कमाल को इन बातों से कोई दिलचस्पी नहीं थी। वह तो हजारों अपरिचित अनागतों की मदद करने का दायित्व अपने ऊपर लिए बैठा था। सभी के लिए बन्दोबस्त करने को वह हमेशा तत्पर रहता था।

जिन दिनों कमाल से मेरा परिचय हुआ, वह मौटे तौर पर अपने व्यवसाय की नींव डाल चुका था। बोस्टन में उसने एक छोटा-सा आवासीय मकान खरीद लिया था, कनाडा के मांट्रियल में भी उसका एक गढ़ था। उसके घर पर बहुत-से छात्र-छात्राओं का जमघट रहता था। एक शाम मैंने देखा कि वह एक प्रसिद्ध बंगाली संगीतकार की खातिरदारी में जुटा हुआ था, बीच में किसी दक्षिण भारतीय छात्रा को एयरपोर्ट छोड़ने गया, हम लोगों से बातें करते हुए भी कारखाने के श्रमिकों को हिदायतें देने कई बार नीचे उतरा और साथ ही हमलोगों के खानपान की व्यवस्था पर भी उसकी नजर लगी रही। इतना सब करते हुए उसके चेहरे पर न शिकन उभरती, न वह थकता।

एक बार मैंने पूछा था—"कमाल, तुम्हारा पूरा नाम क्या है? सभी तुम्हें कमाल कहकर पुकारते हैं, किन्तु तुम्हारी कोई पदवी भी तो होगी!"

उसकी मुस्कुराहट यकायक बदल गई थी। दीवार की ओर देखते हुए उसने कहा था—"नहीं, और कुछ नहीं है। जरूरत भी क्या है? पहले कभी मेरा पूरा नाम था जरूर, अब उसकी जरूरत नहीं पड़ती। मेरे माता-पिता नहीं हैं—यानी वे हैं, पर मैं उन्हें याद नहीं रखना चाहता—मैं अकेला हूँ। कमाल नाम भी मैं ढोना नहीं चाहता, इसे और छोटा करना चाहता हूँ, ताकि मेरा पूर्व-परिचय बाकी ही न रहे। मेरा नाम सिर्फ 'के' रहेगा। लोग पूछेंगे—के? ('के' शब्द का अर्थ बांग्ला में कौन होता है)। मैं कहूँगा—मैं, यानी कोई भी नहीं!"

तभी मुझे लगा था, इस हँसमुख व्यक्ति के भीतर गहरे विषाद की धारा प्रवाहित हो रही थी।

फिर धीरे-धीरे उसने मुझे अपनी जीवन कथा सुनाई थी।

प्रेम नहीं, स्नेह

1

जुलेखा जिस दिन यहाँ पहुँची, उस समय मेरी क्या हालत थी, सुनोगे? सुनकर तुम लोग हँसोगे!

मैं घूमता-घामता अरिजोना पहुँचा था। वहाँ के टुशन शहर में एक मेला लगने वाला था, उस मेले में मैं अपना प्रोडक्ट बेचना चाहता था। प्रोडक्ट यानी बढ़िया नक्काशीवाले जूट के झोले। उस समय हैंडबैग के बतौर उन झोलों की अच्छी खपत थी।

वहाँ मुझे अचानक क्या सूझा कि एक दिन शाम को एक दक्षिण अमरीकी के साथ में पंजा लड़ाने बैठ गया। वह एक दैत्य ही था, उससे मैं कहाँ पार पाता। किन्तु किसी भी मामले में पहले से हार स्वीकार करना मेरी आदत नहीं, सो उसकी चुनौती मैंने ले ली। उसने मेरा दायाँ हाथ इस तरह झकझोरा कि मेरे कन्धे की हड्डी टूट गई। उस समय तो इसका खास अहसास नहीं हुआ था, उतना दर्द भी नहीं था, किन्तु दो दिन बीतते-न-बीतते लगा कि मेरे हाथ को लकवा मार गया है। उसके बाद डाक्टर, अस्पताल और तमाम मुसीबतों से मैं घिर गया था।

मेरे कन्धे और हाथ पर पट्टियाँ बँधी थीं। मेरी आदत तो तुम जानते ही हो—मैं लेटा नहीं रह सकता, सो घूमता-टहलता रहता था, हालाँकि कोई काम-धन्धा नहीं कर पा रहा था। ऐसे में एक दिन न्यूयार्क से शमीम ने टेलिफोन किया। मेरे अम्मा-अब्बा आ रहे थे, उनके साथ जुलेखा भी आ रही थी।

तब मैं लौटता तो कैसे? अरिजोना में अपने प्रोडक्ट न बेचकर वापस ले जाने से काफी रुपयों की क्षति उठानी पड़ती। इसलिए कुछ दिनों तक मेरा वहाँ रुकना जरूरी था। फिर अम्मा-अब्बा वहाँ पहुँचकर मुझे उस हालत में देखें, इसके लिए मैं लज्जित हो रहा था। मैंने शमीम से कहा—" अभी मेरा आना मुश्किल है। अम्मा-अब्बा को तो सीधे कनाडा जाना है, तुम जुलेखा को न्यूयार्क से टुशन के प्लेन में बैठा देना, मैं उसे एयरपोर्ट पर रिसीव कर लूँगा।

उसके बाद के दिनों में, सच कह रहा हूँ तुमसे, मुझे क्या तो हो गया। हर घड़ी जुलेखा के बारे में ही सोचता रहता। हर घड़ी यानी हर घड़ी, एक क्षण भी कम नहीं सिर्फ सोने के वक्त को छोड़कर—नहीं, नींद में भी, रात में दो-तीन बार मेरी नींद उचट जाती, और आँखों के सामने जुलेखा का चेहरा तैर उठता। वह चेहरा भी धुँधला-सा, अस्पष्ट। जुलेखा को तो मैंने पहले कभी गौर से देखा भी नहीं था न!

तुम लोगों की शादी के समय शुभ-दृष्टि नहीं होती?

हा-हा-हा! होती क्यों नहीं? सभी लोगों की शादी में शुभ-दृष्टि होती है, हिन्दू-मुसलसान-ईसाई—सभी दूल्हा-दुलहन तो उस दिन शुभ-दृष्टि में एक-दूसरे को देखते हैं। किन्तु मैं तो अपनी शादी के समय वहाँ था ही नहीं।

क्या मतलब?

मैंने अपनी शादी के बारे में तुमसे नहीं बताया? तब तो और भी पीछे से कहना पड़ेगा। मेरी जिन्दगी में तो सभी कुछ विचित्र है, मेरी शादी भी विचित्र ढंग से हुई थी।

मैं तो कई साल पहले देश छोड़कर यहाँ आ गया था। बंजारों की तरह यहाँ-वहाँ भटकता रहता था। कहाँ खाता, कहाँ सोता, यह कुछ निश्चित नहीं

रहता था। जैसा कि तुम्हें मालूम ही है, यहाँ ढाका के बहुत से लोग रहते हैं। वे स्वदेश लौटकर मेरे बारे में अफवाहें फैलाते, मेरे वालिद और अम्मा को भी उन बातों की भनक मिलती। वे मुझे वापस लौट जाने के लिए हिदायतें भेजते, पर मैं लौटनेवाला नहीं था। तब तक मेरे कारोबार की कोशिशें नाकामयाब ही थीं और परास्त होकर लौट जाना मुझे मंजूर न था। अगर कहीं घायल होने या खेत रहने की भी आशंका हो तो भी क्या किसी पुरुष को आखिरी दम तक बिना कोशिश किए हार मान लेनी चाहिए?

मेरे माता-पिता तब मेरी शादी के लिए जिद करने लगे। उन्हें चिन्ता होने लगी थी कि छोकरा अकेले विदेश में रहता है, वहाँ तमाम हूरें और परियाँ मँडराती हैं, वे कहीं छोकरे का दिमाग न चाट लें या उसे मेमना न बना लें, यही डर था उन्हें समझे कि नहीं? वे तो एक के बाद—दूसरी शादी का प्रस्ताव भेजते रहते और मैं नकारता रहता। उस वक्त शादी करने की मेरी कतई इच्छा नहीं थी...।

उस समय तुम्हारी उम्र क्या थी?

उस समय? तब मेरी उम्र—ठहरो, हिसाब कर लूँ, हाँ...कोई तीस के आसपास रही होगी। हमारे इलाके में तो और कमउम्र में ही लोगों की शादी हो जाती है, उस उम्र तक पहुँचते-पहुँचते बहुत से लोग दो या तीन बच्चों के बाप बन जाते हैं।

आखिर एक मौका ऐसा आया कि मैं ना नहीं कर सका। अम्मा ने बताया कि उन्होंने इस लड़की के लिए हामी भर दी है। मेरे वालिद भी स्वस्थ नहीं थे, मैं ही उनका ज्येष्ठ पुत्र था और वे मेरी शादी देखकर जाना चाहते थे।

हर माता-पिता यही कहते हैं, है न?

हाँ। पर उस वक्त शायद मेरा मन कुछ नरम पड़ गया था। अकेले घूमते-घूमते थक-सा गया था, यहाँ की लड़कियों के साथ कभी उस तरह हेल-मेल नहीं बढ़ा पाया था—यानी यूँ मैं लड़कियों से मेल-जोल तो रखता था, कइयों से अच्छी दोस्ती भी थी—किन्तु सिर्फ दोस्ती ही, उससे आगे कुछ नहीं। मैं तुमसे सच कह रहा हूँ, तुम मेरा अविश्वास तो नहीं कर रहे हो?

नहीं-नहीं, इसमें अविश्वास की क्या बात है? किसी से मैत्री होने पर उससे प्यार भी हो जाए यह जरूरी तो नहीं है।

लड़कियों के साथ शारीरिक सम्बन्ध कायम करने के बारे में मेरे मन में भी हमेशा वितृष्णा रही। जो भी हो, उस समय शायद घर बसाने की इच्छा मुझमें बलवती हो गई थी। उस लड़की के बारे में सुनकर भी मैं कुछ आकृष्ट ही हुआ था। जुलेखा एक शिक्षित घराने की लड़की थी, उसके एक नजदीकी रिश्तेदार बांग्लादेश के सुप्रसिद्ध कवि थे जिनका नाम बता दूँ तो तुम अवश्य पहचान लोगे, किन्तु—खैर, जाने दो! जुलेखा के पिता को खुलना की सड़क पर पाकिस्तानी सेना ने गोलियों से भून दिया था, उसकी आँखों के सामने। जरा सोचो कि एक लड़की के लिए यह कितना गहरा आघात हो सकता है। इस घटना के बारे में सुनते ही मुझे लगा था कि अहा! जिस लड़की ने इतने दु:ख झेले हैं उसे जैसे भी हो सुखी करना चाहिए। मैंने उससे शादी करने के लिए अपनी सहमति दे दी।

शादी में तुम पहुँच क्यों नहीं पाए? दूल्हे की गैरहाजिरी में भी कहीं शादी होती है?

तब लड़ाई जो छिड़ गई थी। पच्चीस मार्च का वह 'क्रेकडाउन' तुम्हें याद नहीं? शादी की बातचीत, तारीख—सब तय हो गया था। किन्तु वैसी स्थिति में मेरे लिए ढाका पहुँचने में खतरा था। शादी की रस्में सब की गई थीं। मैंने अपने अब्बा के नाम से वकालतनामा दे दिया था, उन्होंने ही मेहर के कागजात पर दस्तखत किए थे। यहाँ बैठकर मैंने उबटन आदि की बाकी रस्में पूरे कीं, फिर मैंने यहाँ से टेलिफोन किया।

ऐन वक्त पर टेलिफोन की लाइन मिल गई?

इस देश में मिल जाती है। टेलिफोन ऑपरेटर को पहले ही आगाह कर दिया था, उससे मेरी अच्छी दोस्ती भी थी।

यानी इस देश में जुलेखा के पहुँचने से पहले तुमने उसे देखा तक नहीं था?

नहीं, सो बात नहीं। देखा था। शादी के बाद मैं एक बार ढाका गया

था। हमारे परिवार में तो बहुत-से लोग हैं, घर में सर्वत्र लोग छाए रहते हैं। उस बार मैं ज्यादा दिन वहाँ रुक भी नहीं सका था, एक सैम्पुल की तलाश में मुझे कलकत्ता जाना पड़ा, फिर वहीं से मांट्रियल लौटा।

जुलेखा को अपने साथ क्यों नहीं ले आए?

कुछ दिक्कतें थीं। इधर सबकुछ अस्त-व्यस्त था। एक अच्छे अपार्टमेंट की तलाश थी। बिजनेस के भी दो-एक मसले सुलझाने थे।

नई दुलहन ने तुम्हारे साथ आना नहीं चाहा?

आना चाहती थी। मैं जिस दिन वहाँ से चला उससे एक दिन पहले उसने संकोच के साथ पूछा था—मुझे कब ले चलेंगे? मैंने कहा था—जितनी जल्दी हो सकेगा, तुम दो-एक महीने और सब्र करो।

वह कितने दिनों के बाद आई?

लगभग एक साल बाद। जुलेखा के टुशन पहुँचने पर कुछ दिनों के उपरान्त हम टैक्सास गए थे शादी की पहली वर्षगाँठ मनाने। एक तरह से वही हमारा पहला हनीमून भी था।

शादी के बाद से इतने दिनों तक जुलेखा कहाँ रही? अपनी अम्मा के पास या तुम्हारे वालिद के घर पर?

ढाका में, हमारे ही घर पर। जो भी हो, जुलेखा के टुशन पहुँचने के पहले की घटना सुनो। शमीम का फोन मिलने के बाद ही तो मेरी हालत अजीब हो गई थी। मैं सिर्फ ख्वाब ही देखता रहता, ख्वाब! हा-हा-हा। अब क्या बताऊँ तुम्हें, न जाने कितने उदास सपने मैं देखता था!

नई दुलहन आ रही थी, तुम अपना घर बसाने जा रहे थे, स्वप्न देखना ही था। तुमने क्या-क्या ख्वाब देखे, कुछ याद है?

तुम मजाक कर रहे हो? नहीं, सुनो—मैं अपनी बात पर लौटता हूँ—मेरे हाथ और गर्दन पर तो पट्टी बँधी थी, उसी हालत में मुझे एयरपोर्ट पहुँचना था। सोचा, नई बीवी तो मुझे देखकर सकते में आ जाएगी!

फिर?

मैं सोचता रहा, जुलेखा मुझे इस हालत में देखेगी तो घबड़ा जाएगी।

उसको तो बताना पड़ेगा कि मेरी यह हालत कैसे हुई? क्या कहूँगा? अगर कहूँ कि पंजा लड़ाने में मेरी यह दुर्गत हुई है तो यह एक हँसी का कारण बन जाएगा और शायद वह मुझे बेवकूफ भी समझे। पहले सोचा कि राहजनी की कोई घटना गढ़ लूँ, राह में तीन गुंडों ने मुझे घेरकर रुपये-पैसे छीनने चाहे थे, मैं देने को राजी नहीं हुआ, एक की नाक पर घूँसा जमाया, तभी एक ने पीछे से छुरे से वार किया।

वाह! बहुत अच्छी कहानी है। बीवी के सामने हर व्यक्ति हीरो बनना चाहता है।

हा-हा-हा, मेरे जेहन में भी यही बात कौंधी थी और मैं भी मन-ही-मन हँसा था। पर, वह कहानी चलनेवाली नहीं थी, क्योंकि मेरी गर्दन पर कोई घाव नहीं था और जुलेखा सारा मामला समझ सकती थी। तब सोचा कि किसी भयंकर मोटर दुर्घटना के बारे में बताऊँ। मैं तो रात-बेरात घूमता ही था, ऐसी दुर्घटना जब-तब घट सकती थी।

तुम मोटर बहुत तेज चलाते हो?

स्टियरिंग मेरे हाथों में हो तो दुर्घटना नहीं होती। खैर, सुनो—मैंने तय किया कि झूठ नहीं बोलूँगा, जो सच है वही बता दूँगा, मेरे चरित्र की सही पहचान मेरी पत्नी को होनी चाहिए। पहले ही दिन किसी झूठ के ऊपर मैं अपने सम्बन्ध नहीं बनाना चाहता था। और झूठ के साथ मैं स्वयं भी तो समझौता नहीं भी कर पाता था। मैंने मन ही मन निश्चय कर लिया कि जुलेखा से कभी कुछ नहीं छिपाऊँगा। जुलेखा के साथ मेरा यही समझौता रहेगा कि हम हमेशा एक-दूसरे का सत्य आपस में बाँटते रहेंगे। इस विचार के आते ही मेरा मन हल्का हो गया था। मुझे उस शाम की बात अब भी याद है। तुम्हें मालूम ही होगा कि टुशन में खास ठंड नहीं होती। पास ही रेगिस्तान होने के कारण वहाँ आकाश भी बहुत स्वच्छ रहता है। उसी निर्मल आकाश और झिलमिलाते तारों की ओर देखते हुए मैंने प्रार्थना की थी—हे अल्लाह, तुम्हारी दुआ से अब मेरी जिन्दगी कुछ और ही होने जा रही है। किसी के लिए अकेले-अकेले जिन्दगी काट लेना बहुत तकलीफदेह होता है। मैंने तो सिर्फ बीवी नहीं चाही थी, मैंने

जीवन-साथी चाहा था। जुलेखा वाकई मेरा जीवन-साथी बन गई, उसने मेरा दुख-दर्द सबकुछ बाँट लिया। व्यवसाय की खातिर तब मुझे बहुत मेहनत करनी पड़ती थी, वह भी उत्साहपूर्वक मेरे काम में हाथ बँटाने लगी थी।

ऊँहूँ, तुमने तो बहुत से प्रसंग छोड़ दिए। पहले दिन एयरपोर्ट पर उससे मुलाकात की घटना...

हाँ, तो जुलेखा निर्धारित दिन में ही पहुँची थी। मैंने उसे एयरपोर्ट पर रिसीव किया। उसके बाद हम दोनों ने मिलकर बिजनेस देखना शुरू कर दिया।

पहले ही दिन से? नई दुलहन एक नए देश में पहुँची, उसे नए परिवेश से जुड़ने का समय भी नहीं दिया?

शुरू के दो-एक दिन यूँ ही बीते थे। वह कुछ शरमाती-सकुचाती रहती थी। किन्तु मैंने उसे मन-ही-मन पूरी तरह अपना लिया था। कोई कारण नहीं था कि वह अकेलापन महसूस करती। यूँ जुलेखा काफी स्मार्ट थी, वह ऐसी नहीं थी कि 'विदेश पहुँचकर घबड़ा जाती। शादी के बाद जब मैं ढाका गया था, उसने तभी मुझे पहली ही रात कहा था कि वह ढाका में नहीं रहना चाहती, वह यहाँ आना चाहती थी।

अच्छा, तो तुम पहले ही ढाका में सुहागरात मना चुके थे?

हाँ, एक तरह से ऐसा ही समझो। शादी के समय तो मैं उपस्थित नहीं हो सका था, इसलिए जब बाद में ढाका पहुँचा तो फिर से शादी के अनुष्ठान किये गए थे। सुहागरात भी मनाई गई। मेरे अब्बा-अम्मा चाहते थे कि मैं ढाका में ही रह जाऊँ। किन्तु पहली ही रात जुलेखा ने मुझसे दो बातें कही थीं। एक तो वह जानना चाहती कि क्या मैं जल्दी सन्तान की कामना करता हूँ? मैंने जवाब दिया था—यह तुम समझो। सन्तान तो मैं गर्भ में धारण नहीं करूँगा, तुम ही करोगी, अतः तुम जब चाहो। उसकी दूसरी बात यह थी कि वह ढाका में नहीं रहना चाहती थी, किन्हीं कारणों से उसे वहाँ रहने में असुविधा हो रही थी।

जुलेखा पढ़ी-लिखी थी?

हाँ, वह बी.ए. पास थी। पढ़ने में भी तेज थी। यहाँ आकर आगे पढ़ना चाहती थी।

यहाँ पहुँचकर क्या वह यूनिवर्सिटी में दाखिल हो गई?

नहीं। पहले उसने ऐसा कोई इरादा व्यक्त नहीं किया था। मैं नई गृहस्थी सँवारने और व्यवसाय सँभालने में ही व्यस्त था, वह भी मेरा उपयुक्त पार्टनर बन गई थी। मुझे बहुत कुछ बताना भी नहीं पड़ता था, वह खुद ही समझ जाती थी।

टैक्सास से तुम लोग सीधे बोस्टन आ गए?

सीधे नहीं घूमते-घूमते। फिर बोस्टन पहुँचकर एक अपार्टमेंट किराये पर लिया। अड़ोस-पड़ोस में बांग्लादेश के और भी बहुत से लोग रहते थे, उनके साथ जुलेखा का परिचय करा दिया ताकि उसे अकेलापन न सताये। पड़ोस में ही डॉ. अज़रुद्दीन रहते थे, वे मेरे दूर के रिश्तेदार होने के साथ ही बहुत सज्जन व्यक्ति थे। वे और उनकी पत्नी मीना भाभी हमें बहुत चाहते थे। अपने धन्धे के सिलसिले में मुझे जब-तब बाहर जाना पड़ता तो मीना भाभी जुलेखा का ध्यान रखतीं।

तुम्हारी पत्नी शुरू में ही सन्तान नहीं चाहती थी?

नहीं, तब नहीं चाहती थी। जुलेखा को गीतों से प्यार था, सिनेमा-थियेटर से लगाव था, दरिया किनारे सैर करना उसे भाता था, यह सब छोड़कर वह उस समय माँ नहीं बनना चाहती थी। मैंने भी आपत्ति नहीं की, आपत्ति करने का प्रश्न ही नहीं उठता था। किन्तु तभी से मुझमें कुछ अजीब-सा घटने लगा था क्या तुम सुनोगे?

क्यों नहीं?

क्या पता, समझा भी पाऊँगा या नहीं! जैसे महिलाओं को गर्भ होता है, मुझे भी वैसा ही कुछ होने लगा था। नहीं, नहीं पेट में नहीं, मुझे इस तरह तुम घूर क्यों रहे हो? हा-हा-हा! नहीं, मेरे पेट में कुछ नहीं हुआ था, उस चीज का जन्म मेरे वक्ष में हुआ। हू-ब-हू गर्भ की तरह, पहले छोटा-सा, फिर वह शनैः-शनैः बढ़ता चला गया। पहले तो मैं समझ ही नहीं पाया कि मुझे क्या हो गया था। बाद में समझ पाया। वह प्यार था। जिन्दगी में पहले कभी ऐसा अनुभव नहीं हुआ था। मेरे वक्ष के भीतर बेकस मुहब्बत का जन्म हुआ था,

मुहब्बत—जुलेखा के लिए। ओह, मेरे दिल में हमेशा कितना प्यार रहता था और इसकी मुझे कितनी खुशी थी, कितनी उमंग थी, मेरे मन में। कितना जीवन्त हो गया था मैं! हालाँकि मैं उस प्यार के बारे में जुलेखा को ठीक समझा नहीं पाया था। तुम लोगों की तरह भाषा ज्ञान भी तो नहीं है मेरे पास!

भाषा के बिना भी प्यार जताया जा सकता है।

शायद जुलेखा भी थोड़ा-बहुत समझती थी। किन्तु वह जितना समझ पाई थी मेरी मुहब्बत उससे कहीं अधिक थी।

तुम्हारे घर में क्या उन दिनों भी बहुत-से युवक-युवतियों की आवाजाही रहती थी?

क्यों न रहती? घर का दरवाजा बन्द रखना मुझे कभी मंजूर न था। जिसको जब जरूरत पड़े या इच्छा हो, वह बेधड़क आया। दरअसल, बिना जरूरत भी कई लोग आते रहते थे, खासकर वे जो देश छोड़कर नए-नए यहाँ आते! शुरू-शुरू में ऐसे लोग बहुत होमंसिक होते और उदास रहते हैं, उनका अपने दिमाग पर भी काबू नहीं रहता। स्वदेश के किसी व्यक्ति के साथ मातृभाषा में कुछ देर बातचीत कर पाने से उन्हें बहुत शान्ति मिलती है। बहुत-से लोग अपने कैरियर के बारे में फैसला नहीं कर पाते, उन्हें परामर्श की जरूरत पड़ती है, वे भी मेरे पास दौड़े आते।

लेकिन जब-तब, लगातार बाहरी लोगों के आ बैठने से नई बहू को तो परेशानी हो सकती थी?

जुलेखा ने मेरे पागलपन के साथ समझौता कर लिया था। उसे खुद भी इसमें मजा आता। मैं पागल हूँ, यह सभी को मालूम था। मैं जो हूँ, सो हूँ। दुनिया में लोग अगर लोगों से प्यार न करें, अपने सामर्थ्य के अनुसार अगर सभी एक-दूसरे की थोड़ी-बहुत मदद न करें, तो जीने की सार्थकता ही क्या है, बोलो? मेरे यहाँ जो भी युवक-युवतियाँ आते, वे सभी जुलेखा को बहुत पसन्द करते थे। जुलेखा का रंग गोरा था, वह इकहरी थी, पोशाक भी वह संजीदगी से पहनती थी जो उस पर फबती थी। वह सबकी भाभी बन गई थी। जुलेखा भी उन लोगों को खिलाने-पिलाने में कभी कंजूसी नहीं करती थी।

एक बार वह बहुत रूठ गई।

वीक एंड में मुझे किसी काम से वाशिंगटन डी.सी. जाना पड़ा था। रविवार लौटने की बात थी, किन्तु काम निपटाकर मुझे लौटते सोमवार की रात के ग्यारह बज गए। घर लौटते ही जुलेखा ने बताया कि एस.आई.टी. जलील साहब ने तीन बार फोन किया था, बहुत जरूरी काम था उन्हें। रात के ग्यारह बज गए थे, इसलिए सोचा इतनी रात गए फोन करना ठीक नहीं होगा, सवेरे बात कर लूँगा। भूख हालाँकि नहीं थी, पर जुलेखा ने जबर्दस्ती मुझे खाने की मेज पर बैठाया।

मेरे घर में हमेशा चहल-पहल रहती थी, लेकिन इत्तफाक से उस दिन हम दोनों के अलावा कोई तीसरा प्राणी वहाँ नहीं था। मैं भोजन भी करता जाता और उससे प्यार भी। उस समय मैं भोजन से ज्यादा उसके प्यार में रम गया था, समय बहुत सुन्दर बीत रहा था, मैं एक अभूतपूर्व सुखद अनुभूति में सराबोर होता जा रहा था कि तभी टेलिफोन की घंटी झनझना उठी। इतनी रात गए कौन हो सकता था? जुलेखा ने ही फोन उठाया, फिर रिसीवर का माउथपीस हथेली से दाबकर होंठों को भींचकर शरारत से बोली—उसी दुष्ट का फोन है।

मैंने उठकर टेलिफोन थाम लिया। उधर की आवाज सुनकर कुछ चौंका, जलील साहब का ही फोन था। जलील साहब बहुत विद्वान व्यक्ति थे, यहाँ के अध्यापकों में उनकी खासी इज्जत थी, वे हम सबके श्रद्धा के पात्र थे। उन्हीं जलील साहब को जुलेखा 'दुष्ट' कह रही थी!

जलील साहब बोले—सुनो कमाल, तुमसे मुझे बहुत जरूरी काम था, इसलिए पहले भी कई बार टेलिफोन किया था। तुम कब लौटे?

मैं बोला—अभी कुछ ही देर हुई। आपने कोई 'मैसेज' नहीं छोड़ा था, आप अगर जुलेखा से कह देते तो मैं लौटते ही आपके घर पर हाजिर हो जाता।

वे बोले—नहीं-नहीं, अभी मेरे घर पर आने की जरूरत नहीं है। लेकिन, तुम अभी इतनी रात गए घर लौटे हो, तुमसे कहने में भी संकोच हो रहा है।

उससे क्या, कहिए न, क्या बात है?

हमारे होम-सेक्रेटरी साहब को तुम पहचानते हो?

नहीं, पहचानता तो नहीं, पर नाम सुना है। वे यहाँ आए हैं क्या? कहीं ले जाना है उन्हें?

नहीं, वे नहीं आए हैं। उनका छोटा लड़का आ रहा है। आज सुबह ही टैलेक्स मिला। देखो तो झमेला, कुछ पहले से खबर नहीं भेजी, अब उसके ठहरने का कोई प्रबन्ध करना जरूरी है। यह लड़का पहली बार स्टेट्स आ रहा है, एयरपोर्ट पर उसे रिसीव न किया जाए तो वह मुश्किल में पड़ जाएगा। इधर मैं भी कुछ परेशानियों में हूँ।

मैं उसे रिसीव कर लूँगा, आप इतनी-सी बात पर परेशान न हों। वह कब पहुँचेगा? किस फ्लाइट से? कितने बजे?

उसे शायद दो-तीन दिन बोस्टन में रुकना पड़े। तुम क्या उसे अपने घर में रख पाओगे?

जी हाँ। मेरे पास दो कमरे हैं, कोई दिक्कत नहीं होगी। यहीं रह जाएगा। नहीं-नहीं, आप क्या कह रहे हैं, यह तो मामूली काम है, आप मुझे शर्मिन्दा कर रहे हैं जलील भाई...

मैं एक कागज पर उस लड़के का नाम, फ्लाइट नम्बर आदि नोट कर रहा था, जुलेखा मेरे बगल में खड़ी थी। उसने निचला होंठ दाँतों से दबा रखा था, उसके चेहरे पर मन्द-मन्द मुस्कान तैर रही थी। सर दीवार से टिकाए खड़ी थी वह। मैं नोट क्या करता उस पर निगाह पड़ते ही मेरे लिए उसके चेहरे से निगाह हटाना मुश्किल हो गया।

मैंने जलील साहब से कहा—आप जरा भी न सोचें। उस लड़के की सारी जिम्मेदारी मैं लेता हूँ, अब आप बेफिक्र होकर सोएँ। अच्छा, खुदा-हाफ़िज़!

टेलिफोन छोड़ने के बाद जुलेखा मेरी नाक का सिरा एक अँगुली से दबाकर बोली—बुद्धू कहीं के!

मैं जुलेखा को अपनी बाँहों में भींच लेना चाहता था, किन्तु वह कुछ परे हटती हुई बोली—उस दुष्ट ने तुम्हें बुद्धू बनाया, और तुमने भी हामी भर दी?

जुलेखा, तुम जलील साहब को दुष्ट कह रही हो? वे कितने बड़े पंडित हैं, जानती हो? वे हमारे देश के गौरव हैं।

जाने दो पंडित। वह जो ढाका से आ रहा है, वह क्या तुम्हारे भरोसे आ रहा? तुमसे न जान न पहचान!

तो उससे क्या फर्क पड़ता है? मुलाकात होने पर जान-पहचान भी हो जाएगी। लोगों से पहचान ऐसे ही तो होती है।

उसकी जिम्मेदारी जलील साहब ने तुम पर पूरी तरह मढ़ दी। क्यों, वे खुद एयरपोर्ट नहीं जा सकते उसे रिसीव करने? उनके अपने घर में उसे टिकाने के लिए जगह नहीं है? कितना आलीशान मकान है उनका!

जलील साहब बहुत व्यस्त रहते हैं...

और तुम व्यस्त नहीं रहते? वाशिंगटन से आठ घंटे गाड़ी चलाकर तुम क्या शौक से लौटे हो?

अहा, तुम समझती क्यों नहीं? मेरे साथ भी कहीं जलील साहब की तुलना हो सकती है?

उनकी पत्नी भी तो मोटर चलाती हैं। सुपर मार्केट अकेली ही जाती हैं। उनके घर में तीन-चार कमरे हैं, वहाँ उस लड़के को वे नहीं रख सकते। तुम दिन-भर की थकान के बाद लौटकर फिर तड़के पाँच बजे एयरपोर्ट दौड़ोगे?

इसमें मुझे कोई परेशानी नहीं होती।

तुम्हारे जाने की जरूरत नहीं है। तुम नहीं जा पाओगे!

यह कैसे हो सकता है? वह लड़का पहली बार आ रहा है, खुद मकान ढूँढ़कर पहुँच नहीं पाएगा।

जलील साहब पर मुझे बहुत गुस्सा आ रहा है।

लेकिन तुम उस लड़के के बारे में तो सोचो। उसने तो कोई कसूर नहीं किया है। वह मुसीबत में पड़ जाएगा।

सुनो, तुम गधे की तरह मेहनत करते हो, इसी से सब तुम पर हावी हो जाते हैं। अपना-अपना दायित्व तुम्हारे कन्धों पर लाद देते हैं। वे मन-ही-मन सोचते हैं, बेवकूफ कमाल तो है ही! मेरे पति को कोई बेवकूफ समझे, यह मैं बर्दाश्त नहीं कर सकती।

हा-हा-हा! क्या मैं सचमुच बेवकूफ हूँ?

तुम निहायत भले इनसान हो, इसे आज के युग में बेवकूफी माना जाता है।

देखो, धूर्त होने से तो बेवकूफ रहना ही अच्छा। इससे मन में शान्ति रहती है। मैं जो कुछ करता हूँ, उसमें मुझे शान्ति मिलती है। चलो, तुमने पूरा भोजन भी नहीं किया!

जुलेखा दुबारा खाने के लिए नहीं बैठी। वह कुछ बोली भी नहीं। चुपचाप एक ओर अपलक देखती रही। उसका गोरा-चिकना ललाट चाँद-जैसा खूबसूरत लग रहा था। मैं तो कवि नहीं हूँ, फिर भी मुझे अक्सर ऐसा ही लगता, समझे? मैं जुलेखा से यही कहने जा रहा था कि वह उसाँस लेकर बोली—तुम जो रात बाकी रहते ही किसी व्यक्ति को इस घर में ले आओगे, उसे यहाँ कुछ दिनों तक रखोगे, इस निर्णय पर पहुँचने से पहले तुमने तो एक बार भी मुझसे नहीं पूछा। मेरी राय नहीं ली। मेरी सुविधा-असुविधा के बारे में प्रश्न नहीं किया! तो क्या यह घर सिर्फ तुम्हारा है, मेरा कुछ भी नहीं? तुम जैसा चाहोगे, मुझे वही मान लेना पड़ेगा?

मैं बहुत शर्मिन्दा हुआ और उसका हाथ थामकर बोला—नहीं, नहीं, नहीं! मुझसे वाकई गलती हो गई है, मैंने वाकई बेवकूफी की है। यह गृहस्थी तुम्हारी है, तुम जैसा चाहोगी वैसा ही होगा। इतने दिनों से मैं सिर्फ एक कमरे में रहता था, मेरी कोई गृहस्थी नहीं थी। तुम्हारे आने से सचमुच की गृहस्थी बन गई है। तुमसे बिना पूछे-जाँचे मैं अकेले अब कोई भी निर्णय नहीं लूँगा! तुम देख लेना!

2

पति उपार्जन करेगा और पत्नी रसोई तथा शयन-घर की सारी भूमिकाएँ निबाहेगी यही तो अब भी बंगाली परिवारों की प्रथा है। पति के लिए बाहर की दुनिया, पत्नी के लिए घर का अभ्यन्तर। रसोई के पर्दे से निकलकर पत्नी कभी-कभी बैठक में आ तो सकती है, पर वह भी आमतौर पर अतिथि-अभ्यागतों को चाय-नाश्ता पहुँचाने के लिए। पत्नी कभी-कभी बातचीत के लिए बुलाई तो जाएगी, किन्तु ऐश-ट्रे सिगरेट के टोटे से भर जाए तो पत्नी को ही उठकर उसे साफ करना पड़ेगा। मजलिस के जारी रहते फिर कोई नया व्यक्ति आ जाए तो पत्नी फिर चाय बनाने जाएगी।

कभी-कभी पत्नी को बाहर घुमाने के लिए ले जाया जाएगा जरूर, किन्तु वह भी कुछ निर्वाचित दृश्य देखने के लिए। पत्नी को कुछ थोक रुपये साड़ी-वाड़ी खरीदने के लिए दिये जाएँगे। होटल के काउंटर पर रुककर पति जब डेस्क-क्लर्क से बातें करता है, उस वक्त पीछे खड़ी पत्नी चमकीले कपड़ों की एक कठपुतली-सी लगती है। डेस्क-क्लर्क यदि कोई युवती हो तो पति उसके साथ हँसी-मजाक कर सकता है, लेकिन किसी अपरिचित पुरुष

के साथ पत्नी हँस-हँसकर बतिया रही है; यह दृश्य सोचा भी नहीं जा सकता।

जैसे भी हो, कमाल की यह धारणा बन गई थी कि नारी और पुरुष का सभी मामलों में बराबर का अधिकार होना चाहिए। पति और पत्नी दोनों यदि साथ-साथ रहें तो सभी काम आपस में बराबर बाँट लेना चाहिए। दोनों की राय के वजन भी बराबर होंगे।

ऐसी एक धारणा का होना, और दिन-प्रतिदिन की जिन्दगी में ऐसे आदर्श का निर्वाह करना, दोनों में अन्तर है।

कमाल ज्यादा-से-ज्यादा काम करता। काम करते रहने का उसमें अदम्य नशा था, इसीलिए वह थकता भी नहीं था। जुलेखा रसोई बनाने जाती तो कमाल प्याज छीलने बैठता। खाने की मेज वही पोंछता। भोजन करने के बाद जुलेखा के मना करने पर भी वह जूठे बर्तन झटपट धो डालता। बेसमेंट में जाकर वाशिंग मशीन में कपड़े धो लाता। कभी घर लौटकर अगर देखता कि जुलेखा कोई किताब पढ़ रही है तो वह व्यस्तता से कहता—नहीं, नहीं, आज और खाना बनाने के झमेले में पड़ने की जरूरत नहीं है, मैं कुछ सैंडविच बना लेता हूँ, देखती रहो कितनी जल्दी निपटता हूँ!

जुलेखा को वह मोटर ड्राइविंग सिखाता। उसे अपने व्यवसाय के कामकाज समझाकर आधा दायित्व उसे लेने के लिए कहता। जुलेखा बुद्धिमती थी, कुछ भी सीखने में उसे देर नहीं लगती।

एक दिन जुलेखा बोली—चलो, आज एक सिनेमा देख आएँ।

सिनेमा? कहाँ?

'ड्राइव इन-टु' में एक अच्छी फिल्म लगी है।

क्यों, आज टी.वी. में सिनेमा नहीं है?

वहाँ पॉल निउमैन की एक फिल्म चल रही है, बहुत प्रसिद्ध फिल्म है।

आज शुक्रवार है न? शुक्रवार की रात में टी.वी. में भी तो अच्छी-अच्छी फिल्में दिखाई जाती हैं। अखबार में देख लो। जूट बैग का जो आर्डर आज मिला, उसका हिसाब आज रात में ही कर लेना पड़ेगा। तुम टी.वी. देखो, मैं हिसाब कर लूँ।

कमाल ने खुद ही अखबार में से विभिन्न चैनलों के टी.वी. प्रोग्राम में से दो विख्यात फिल्मों के नाम ढूँढ़ निकाले। रोनाल्ड कोलमैन, ग्रेगरी पैक, आभा गार्डनर, सुशान हैवर्ड आदि सब मशहूर कलाकार थे उन दोनों फिल्मों में। छठे दशक में इन सब तारिकाओं के नाम पर दिशाएँ गूँजती थीं। टी.वी. चलता रहा, जुलेखा ने खिड़की के सामने जाकर पर्दा हटा दिया। दिन-भर में उस दिन बारिश की कई फुहारें पड़ी थीं, शाम के बाद आकाश स्वच्छ हो गया था, एकदम नीला। दूधिया चाँदनी छिटकी पड़ी थी। सड़क पर अगणित यानों का स्त्रोत बह रहा था। इस शहर में विद्यार्थियों की भरमार थी, इसलिए राह में पैदल चलनेवाले भी काफी थे। रंग-बिरंगी पोशाकों में।

ऐसी एक रात 'ड्राइव-इन' सिनेमा हॉल में पति के साथ बैठकर कोई-सी भी फिल्म देखने का जो आनन्द है उसके घर साथ की चारदीवारी में बैठकर टी.वी. पर पुरानी क्लासिक फिल्म देखने की कहीं तुलना हो सकती है?

ऐसे नाजुक मामलों में स्त्री-पुरुष के समान अधिकार का प्रश्न लागू नहीं होता। कमाल तो यह भी नहीं समझ पाया कि वह अपनी पत्नी को किसी चीज से वंचित कर रहा था। किन्तु इस घटना से जुलेखा क्षोभ या अभिमान से मुँह फुलाए रही हो, ऐसा भी नहीं। काफी रात गए उसने बगल के कमरे में जाकर देखा तो मेज पर कागजात बिखरे पड़े थे और कमाल हाथ पर माथा टेके सो रहा था।

उसकी पीठ पर हथेली रखकर जुलेखा ने हौले से पुकारा—ए, चलो सोने!

कमाल की नींद उचट गई। वह फड़फड़ाकर उठ बैठा, बोला—रुको, थोड़ा और रह गया है, निपटा लूँ। बस पन्द्रह मिनट और। कल सुबह ही टाइप कराकर वाउचर भेजने पड़ेंगे।

जुलेखा ने मीठी जिद के साथ झिड़का—नहीं, तुम्हें नींद लग गई है, कल सुबह बाकी काम पूरा कर लेना।

कल तो आठ बजे ही मैं निकल जाऊँगा।

मैं तड़के उठ जाऊँगी। वाउचर टाइप करने में मैं तुम्हारी मदद कर दूँगी।

कमाल के भीतर फिर कुछ हलचल होने लगी थी। ठोस गेंद की तरह उसके दिल में जो प्यार समा गया था, वही जैसे कुछ स्फीत हो उठा।

दोनों हाथों से उसने जुलेखा को जकड़ लिया।

उसके कोई तीन दिनों के बाद ही न्यू-जरसी से लौटते वक्त कमाल को अचानक याद आया, जुलेखा पॉल-निउमैन की कोई एक फिल्म देखना चाह रही थी। क्या था उस फिल्म का नाम? क्या जुलेखा पॉल-निउमैन की फैन है! ठीक है, पॉल-निउमैन के जितने भी फिल्मों के कैसेट उपलब्ध हैं, एक दिन वह सभी वी. डी.ओ. लायब्रेरी से किराये पर ले आएगा।

उस दिन आकाश में बादल छाये हुए थे। पतझड़ का मौसम भी सामने ही था।

कमाल को मालूम था कि जुलेखा उससे प्यार करती थी। किन्तु फिर भी वह जुलेखा का चरित्र ठीक से पढ़ नहीं पाता था।

जुलेखा हँसना जानती थी। हँसने पर वह और भी खूबसूरत लगती। कभी-कभी वह इस कदर उच्छ्वसित हँसी में फूट पड़ती कि लगता कोई पहाड़ी सरिता एकाएक निर्झर बन गया हो। और वही जुलेखा किस वक्त आकस्मिक ढंग से गुमसुम हो जाएगी इसका भी ठिकाना नहीं रहता था। तब तरह-तरह की मजेदार बातें सुनाने पर भी उस पर कोई प्रतिक्रिया नहीं होती।

बातें करती हुई वह कभी हठात् उठकर खिड़की के सामने जा खड़ी होती, आईने के सामने। तब कमाल को लगता कि वह लड़की उसके लिए अब भी एक अनबूझ पहेली है।

घर-गृहस्थी की सारी खरीदारी कमाल खुद ही करता था। कभी-कभी वह जुलेखा को अपने साथ सुपर मार्केट ले जाता। उसके व्यवसाय की हालत चाहे जैसी रही हो, खर्च के मामले में वह कभी कंजूसी नहीं करता था। फिर भी जुलेखा कभी-कभी टोकती—सारी चीजें तुम खुद ही क्यों खरीदते हो? मैं अपनी इच्छानुसार कोई सामान नहीं खरीद सकती।

कमाल कहता—क्यों नहीं? तुम्हारी जो खुशी हो। तुम्हारे नाम से क्रेडिट कार्ड बनवा देता हूँ।

जुलेखा जब दुकानों के चक्कर लगाती, कमाल उसके साथ रहता। ट्राली धकेलने में उसकी मदद करता। जुलेखा कोई कीमती टॉयलेट साबुन पसन्द करती तो कमाल कहता—एक क्यों, दो ले लो!

एक दिन शाम को कमाल के घर लौटते ही जुलेखा बोली—आज कोई काम-धाम की बात नहीं करोगे, जाओ, मुँह-हाथ धो आओ और इससे पहले कि और कोई आकर हाजिर हो, हम आज डिनर से निवृत्त हो जाएँगे।

कमाल ने गुसल से निकलकर देखा, जुलेखा एक नई कमीज लिये थी। उसके अधरों पर मन्द मुस्कान थिरक रही थी।

यह क्या? यह कमीज किसकी है?

तुम्हारी है, और किसकी होगी?

नई कमीज, मेरे लिए? कौन लाया है? तुम? मेरे पास तो कई कमीजें हैं।

हैं तो हैं। मेरी इच्छा हुई, खरीद लाई।

तुम अकेली गई थीं खरीदने के लिए? यह तो बहुत कीमती कमीज होगी। तुम इतने डालर खर्च फिजूल कर आईं?

क्या मेरी इच्छा तुम्हें कभी कुछ देने की नहीं हो सकती? आज तुम्हारा जन्म-दिन है, शायद यह भी तुम्हें मालूम नहीं!

जन्मदिन? मेरा!

वाकई कई वर्षों से कमाल को अपने जन्मदिन की याद नहीं थी। ढाका में वह एक संयुक्त परिवार में ज्येष्ठ पुत्र था, वहाँ की बात और थी। इस विदेश में किसे यह सब याद रह सकता था।

जुलेखा को भी कैसे मालूम हुआ? कमाल ने तो कभी नहीं बताया उसे। औरतें बहुत कुछ जान जाती हैं।

कमाल के दिल में फिर हलचल होने लगी थी।

जुलेखा का जन्मदिन कब है इसका उसे भी चुपचाप पता लगाना पड़ेगा। उस दिन वह जुलेखा के कदमों पर सारी दुनिया न्यौछावर कर देगा। अगली विवाह-वार्षिकी के समय भी कमाल काम से फुर्सत पा लेगा। जुलेखा को लेकर वह ग्रैंड-केनियन या मियामी बीच पर जाएगा।

उस दिन जुलेखा ने कमाल के लिए तरह-तरह के पकवान बनाए थे। कमाल को सरसों पीसकर बनाई गई मछली बहुत प्रिय थी, इसलिए जुलेखा ने यहाँ आकर उस तरह की मछली बनाना सीख लिया था।

आवेग से कमाल का गला रुँध गया।

जुलेखा की बाँह थामकर वह बोला—जुलेखा, तुम मेरी जिन्दगी की ध्रुवतारा हो। तुम नहीं आतीं तो क्या पता मेरा क्या हश्र होता। तुमने मेरा सबकुछ बदल दिया है। तुम्हारा साथ पाकर अब मुझे हमेशा ऐसा लगता है कि मैं बहुत बड़े-बड़े काम कर सकता हूँ।

खुद को छुड़ाकर जुलेखा विनोद के लहजे में बोली—तुम किसी और लड़की से शादी करते तो उसे भी ठीक यही कहते!

कमाल के दिल में ठेस लगी। ऐसे मुहूर्त में जुलेखा से ऐसी निष्ठुर बातों की प्रत्याशा नहीं थी उसे।

तुमने ऐसी बात क्यों कही, जुलेखा? शायद तुम्हें नहीं मालूम, शादी करने का कोई इरादा नहीं था मेरा। मेरे माता-पिता ने तो बहुत मर्तबा मुझ पर दबाव डाला था, मैं राजी नहीं हुआ। मैंने तो सिर्फ एक स्त्री नहीं चाही थी, जो मेरे लिए खाना बनाए और...

तुम्हें कैसे मालूम कि मैं और तरह की हूँ?

हमारी शादी तय हो जाने के बाद तुमने मुझे एक पत्र लिखा था। उस पत्र में ही मुझे तुम्हारे मन का परिचय मिल गया था। फिर जब तुम्हें देखा, तभी मैं समझ गया कि तुम मेरी जिन्दगी की गाइडिंग-लाइट बनोगी। दिन-ब-दिन मेरा यह विश्वास क्रमशः बढ़ता गया है।

पगले कहीं के!

क्यों, मैं पागल क्यों? तुम मेरे जीवन की पहली और एकमात्र नारी हो। पहले कभी मैं नहीं समझता था कि कोई नारी किसी पुरुष की जिन्दगी में इतना परिवर्तन ला सकती है। अच्छा जुलेखा, तुम क्या मेरे अलावा और किसको से...

जोर से हँस पड़ी जुलेखा। बोली—तुम वाकई पागल हो! चलो, खाना खा लो!

फिर एक दिन कमाल ने घर लौटकर देखा, शाम ढले ही जुलेखा बिस्तर पर लेटी हुई थी, उसके कपोलों पर आँसुओं की सूखी रेखाएँ उभर आई थीं।

क्या बात है जुलेखा? तबीयत ठीक नहीं है क्या? तुम अस्वस्थ हो?

नहीं।

इस तरह लेटी क्यों हो?

यूँ ही।

कमाल ने जुलेखा के माथे और गले पर हाथ रखा, ज्वर नहीं था। प्राच्य देश के लोगों की अब भी धारणा थी कि कोई बीमार हो तो उसे बुखार भी होगा। जुलेखा को बुखार नहीं था, देखकर कमाल निश्चिन्त हो गया।

व्यवसाय के काम से कमाल को अक्सर बाहर जाना पड़ता था। शुरू-शुरू में कई बार वह जुलेखा को भी अपने साथ लेता गया था। किन्तु हमेशा ऐसा करना सम्भव नहीं था। वह कब कहाँ होगा इसका ठिकाना न होता। बहुधा कमाल अपने स्टेशन-वैगन में ही रात गुजारता। नई बीवी को उस तरह नहीं रखा जा सकता था। रोजगार की जो स्थिति थी, उससे अक्सर बड़े होटलों में टिकना नामुमकिन था।

कमाल बाहर चला जाता तो जुलेखा को अकेले रहना पड़ता। प्रवास में अकेलापन बहुत खलता है। हालाँकि मीना भाभी थी, और कमउम्र के इफ्तिखार दुवाल, रूमी, जयनाल आदि लड़के-लड़कियाँ भी थे जिनसे कमाल ने कह दिया कि वे कहीं सैर-सपाटे में निकलें या सिनेमा थियेटर देखने जाएँ तो जुलेखा को भी अवश्य अपने साथ ले जाया करें।

एक बार पैनसिलवानिया से पाँच दिनों के बाद लौटा कमाल। घर लौटकर पत्नी की आँखों में आँसू दिखाई पड़ें तो किसका मन स्थिर रह सकता है?

तुम इस बीच कहीं घूमने-घामने नहीं गईं जुलेखा?

जुलेखा ने इस प्रश्न का कोई जवाब न देकर पूछा—मैं पढ़ने के लिए क्लास नहीं ज्वाइन करूँगी क्या? सभी कोई-न-कोई कोर्स लेकर अध्ययन कर रहे हैं, मैं सिर्फ घर पर बैठी रहती हूँ, समय भी नहीं कटता...

कमाल कुछ अप्रतिभ हो आया।

उसकी पत्नी अगर पढ़ना चाहती थी तो कमाल के लिए आपत्ति का कोई प्रश्न ही नहीं उठता। किन्तु उसकी माली हालत अभी इसके अनुकूल नहीं थी। पढ़ाई के पीछे काफी खर्च होगा। पार्ट-टाइम नौकरी या असिस्टैंटशिप जुगाड़ करके बहुत-सी लड़कियाँ अपना अध्ययन जारी रखती हैं, किन्तु जुलेखा के लिए तुरन्त ऐसा कोई जुगाड़ बैठाना मुश्किल था। कमाल के पास खास जमा-पूँजी भी नहीं थी।

उसने अनुनय-भरे स्वर में कहा—तुम पढ़ोगी, मैं जरूर तुम्हारी पढ़ाई की व्यवस्था कर दूँगा। पर, दो-एक सिमेस्टर और बीतने दो, इस बीच तुम कौन-कौन से विषय लोगी यह तय कर लो। देख तो रही हो, व्यवसाय में किसी-किसी महीने अच्छी आमदनी हो जाती है तो अगले ही माह मूलधन भी निकल जाता है। अभी भी सबकुछ अव्यवस्थित है। मैं अपने घरवालों से कुछ माँगना नहीं चाहता, अब्बा-अम्मा का मुहताज नहीं होना चाहता, आत्मनिर्भर बनने के लिए ही तो मैं इस देश में आया था। थोड़ा सँभल जाऊँ, बैंक में पाँच हजार डालर भी जमा कर पाऊँ तो तुम...

जुलेखा नासमझ नहीं थी, वह मान गई।

किन्तु कुछ दिनों के बाद फिर कमाल ने जुलेखा की आँखों से आँसू झरते देखे। इससे कमाल बेचैन हो उठा। उसे रुपये-पैसे की परवाह नहीं थी, जैसे भी हो रुपये का इन्तजाम वह कर लेगा। अगर जुलेखा की इतनी ही इच्छा है आगे पढ़ने की, तो सप्ताह भर के अन्दर उसे किसी कालेज में भर्ती करा देगा।

जुलेखा इस प्रस्ताव पर सहमत नहीं हुई। वह तो पढ़ने के लिए नहीं रो रही थी, यूँ ही आँखों से पानी टपक पड़ा था।

कमाल जितना जोर देता, जुलेखा उतना ही जिद करती। जो पत्नी अपने पति की आर्थिक असुविधा न समझे वह कैसी पत्नी है? इस समय तो वह हर्गिज कालेज ज्वाइन नहीं करेगी।

तब वह क्यों रो रही थी?

कई दिन तक कमाल इसी बात पर सोचता रहा। फिर उसने एक कारण भाँप लिया।

देश से जो पत्र और समाचार मिलते, उससे यही जानकारी मिलती कि देश की हालत अच्छी नहीं है। स्वाधीनता प्राप्ति के पश्चात् बांग्लादेश में अराजक स्थिति उत्पन्न हो गई थी। शेख मुजीब पाकिस्तान की जेल से लौट आने के बाद भी देश की स्थिति नहीं सुधार पा रहे थे। कभी नमक पाँच रुपये किलो बिकता, तो कभी बाजार से चावल गायब हो जाता। बांग्लादेश मछली का देश है, फिर भी वहाँ मछली की कीमत गगनचुम्बी कैसे हो गई? अवश्य ही अधिकांश मछली भारत को निर्यात की जा रही थी। जिस मानसिकता में पाकिस्तान का गठन हुआ था, वही मनोभाव अब भी बहुतों के मन में विद्यमान था। पाकिस्तान के दो टुकड़े करके बांग्लादेश के आविर्भाव से बहुत से लोग खुश नहीं थे। वे समझते थे कि प्रतिवेशी विशाल देश भारत का यह षड्यंत्र है जो उनका शोषण करने के लिए रचा गया है। शेख मुजीब द्वारा घोषित धर्मनिरपेक्षता की बातें भी पूर्व पाकिस्तान के समर्थकों को भारत की चाटुकारिता लगतीं।

कमाल के घर पर ही महमदुल और विश्वजित के बीच इस प्रसंग पर अक्सर बहस होती। यूँ दोनों में गहरी दोस्ती थी, किन्तु बहस के मामले में दोनों कट्टर स्वदेश-भक्त थे। वे दोनों अपने-अपने देश के समर्थन में चोखे-चोखे तर्क पेश करते। आखिर किसी बात का कोई निष्कर्ष न निकलता। महमदुल कहता—पहले यह बताओ कि भारत और बांग्लादेश के रुपये के मूल्य में इतना अन्तर क्यों है?

विश्वजित कहता—बांग्लादेश और भारत के सोने के दाम में कितना फर्क है यह भी तुम्हें नहीं मालूम?

आलोचना जब काफी गर्म होने लगती, गहमा-गहमी होने लगती, तब कमाल उन्हें बीच में रोककर कहता—अरे सुनो-सुनो, तुम दोनों तो दो देशों की सरकारों को लेकर बहस कर रहे हो, किन्तु आम आदमी तो हर देश के एक जैसे ही हैं, हैं या नहीं? मैंने तो सर्वत्र यही पाया है, जैसे ढाका में गरीब हैं वैसे ही कलकत्ता में भी गरीब हैं।

विश्वजित कहता—कलकत्ता में गरीबों की संख्या ज्यादा है।

महमदुल कहता—गरीब लोग ही तो आपस में अधिक लड़ते-झगड़ते

हैं। देखते नहीं, रूस और अमरीका चाहे जितना अस्फालन क्यों न करें, वे सीधे-सीधे खुद नहीं लड़ते। लड़ाई होती है कोरिया में, विएतनाम में, इंडिया-पाकिस्तान में!

जो भी हो, प्रवास में रहनेवाले बांग्लादेशी अपने देश के लिए चिन्तित रहते थे। शासन-व्यवस्था की विश्रृंखलता के कारण चोर-डाकू समाजविरोधी तत्त्व तांडव मचाए हुए थे। युद्ध-परित्यक्त अस्त्र बहुतों के पास रह गया था, इसीलिए बात-बात में खून-खराबा होता। लूट-मार के रुपये से कुछ लोग एकाएक अमीर बन गए थे और निश्चित आयवाले नौकरीपेशा लोगों की हालत और भी खस्ता होने लगी थी। ग्रामीण किसान भी मुद्रास्फीति के प्रकोप से ग्रस्त हो रहे थे।

शिक्षित युवक-युवतियाँ सामान्य अवसर मिलते ही देश छोड़कर बाहर भाग रहे थे। वे भी वहाँ की दुर्दशा की कहानियाँ सुनाते। कमाल इन लोगों की मदद करता, उनकी समस्याओं के साथ स्वयं भी जुड़ जाता।

जुलेखा पितृहीन थी। विधवा माँ अपने छोटे बेटे के साथ जेशोर में रहती थी। ऐसे दु:समय अकेली महिला किस तरह गुजारा कर रही थी यह सहज ही अनुमान किया जा सकता था।

तो फिर जुलेखा अपनी माँ के बारे में सोचकर ही रोती है!

ढाका में कमाल का पैतृक मकान बहुत बड़ा था, वहाँ काफी लोग रहते थे। पैसा रहने से सुरक्षा की भी तमाम सुविधाएँ रहती हैं। देश की यूँ बिगड़ी हालत होने पर भी कमाल के घर से जो पत्र आते उससे ऐसी कोई भयावह तस्वीर नहीं उभरती थी।

जुलेखा एक दिन डबडबाई आँखों से खिड़की के बाहर झाँक रही थी, कमाल उसके बगल में खड़ा होकर उसकी पीठ पर हाथ रखकर बोला—माँ के लिए मन व्याकुल है, है न?

कुछ चौंककर जुलेखा ने गर्दन घुमाई। अधरों पर हलकी मुस्कराहट खींचकर बोली—धुत्त! माँ के लिए मन क्यों व्याकुल होगा? मैं कोई बच्ची हूँ क्या? जुलेखा ने हाल ही इक्कीसवें वर्ष में कदम रखा था। पर वह आज भी

किशोरी ही लगती थी। वह अक्सर कहती—मैं कोई बच्ची हूँ क्या? मैं इक्कीस साल की हो गई हूँ या नहीं?

कमाल बोला—नहीं, तुम बच्ची नहीं, तुम तो एकदम बुढ़िया हो। किन्तु बूढ़े हो जाने पर क्या माँ के लिए मन व्याकुल नहीं हो सकता? तुम्हारी अम्मा की चिट्ठी भी तो नहीं आई बहुत दिनों से।

जुलेखा चुप्पी साधे रहती।

सुनो, मैं एक व्यवस्था कर सकता हूँ। पता नहीं जेशोर में कब क्या घटे? मोनू को लेकर तुम्हारी अम्मा हमारे घर पर जाकर रह सकती है, मैं अब्बा को चिट्ठी लिख दूँगा, कोई तकलीफ नहीं होगी। जेशोर से उनके ढाका जाने की व्यवस्था अब्बा कर देंगे।

आहत विस्मय से जुलेखा पति को अपलक घूरने लगी।

मेरी अम्मा तुम्हारे घर पर जाकर क्यों रहेगी? क्या तुम पागलों जैसी बातें कर रहे हो?

क्यों, इसमें परेशानी ही क्या है?

परेशानी नहीं है? सास होकर वे दामाद के घर जाकर रहेंगी? तुम लोग अमीर हो सकते हो, किन्तु तुम क्या सोचते हो कि हम लोगों के खाने-पीने के भी लाले पड़े हैं?

नहीं, नहीं, मैंने ऐसा कुछ सोचकर नहीं कहा था।

कमाल हमेशा सहज समाधान की बात ही सोचता। समाज के जटिल सम्बन्धों को वह नहीं समझ पाता था। जुलेखा की मृदु झिड़की से वह लज्जित हो गया। फिर उसने समाधान का दूसरा उपाय सोचा।

सुनो, फिर एक काम किया जाए। तुम्हारे छोटे भाई और अम्मा को यहाँ ले आएँ तो कैसा रहेगा?

जुलेखा फिर अचम्भे में पड़ गई। यहाँ? अम्मा यहाँ कैसे आएँगी?

क्यों, टिकट लेकर चली आएँगी। मैं एयरपोर्ट से रिसीव कर लूँगा। टिकट के रुपये का वहाँ जुगाड़ न हो पाए तो उसकी भी व्यवस्था हो जाएगी।

टिकट कटा लेने से ही यहाँ आया जा सकता है?

मैं स्पॉन्सरशिप भेज दूँगा। यह भी कोई बताने की चीज है? मेरे माता-पिता भी तो यहाँ आ चुके हैं।

अमरीका घूमने लायक पैसे मेरी मम्मी के पास नहीं हैं।

घूमने क्यों आएँगी? यहीं रह जाएँगी। इमिग्रेशन-विसा लेकर आएँगी।

फिर यहाँ उनके खर्च कौन चलाएगा?

तुम्हारी माँ तो शिक्षित हैं। उनके लिए किसी काम का जुगाड़ करना मुश्किल नहीं होगा। यहाँ से भी कनाडा में अधिक आसानी से काम मिल सकता है। शुरू के कुछ दिन हमारे साथ रहेंगी, फिर धीरे-धीरे सेटल हो जाएँगी।

जुलेखा कुछ देर तक कमाल को घूरती रही, एकटक। फिर आहिस्ता से बोली—क्या सचमुच ऐसा हो सकता है?

क्यों नहीं हो सकता? कुछ ही दिनों के अन्दर सारे इन्तजाम कर लूँगा।

कमाल की छाती पर हाथ रखकर गाढ़े स्वर में जुलेखा बोली—तुम कितने अच्छे हो। तुम्हारे जैसा भला आदमी मैंने अब तक दूसरा नहीं देखा!

तुम्हारी माँ आ जाए तो तुम्हें खुशी होगी न?

तुमने अभी-अभी जो कुछ कहा, इससे ज्यादा खुशी की बात मैंने बहुत दिनों से नहीं सुनी। तुम इतने अच्छे हो। मेरा पति कितना अच्छा है!

कुछ देर के बाद घर से बाहर निकला कमाल। गाड़ी स्टार्ट करते ही उसे जुलेखा की वे बातें याद आने लगीं। इतनी मामूली-सी बात से जुलेखा को खुश किया जा सकता है?

कमाल गाड़ी चला रहा था पागलों की तरह। लाल रोशनी की भी वह परवाह नहीं कर रहा था। खतरनाक ढंग से दूसरी गाड़ियों को पछाड़ता वह आगे बढ़ता जा रहा था। दिल के भीतर की वह गोल-मटोल चीज आकार में और बढ़ गई थी और उछलने लगी थी। उसकी इच्छा हो रही थी कि चीखकर सबसे कहे, जुलेखा आज खुश थी! जुलेखा सुखी थी!

3

माजेदा खातून पढ़ी-लिखी महिला थीं, काम-चलाऊ अंग्रेजी भी बोल लेती थीं, वहाँ पहुँचकर उन्हें एडजस्ट कर लेने में कोई खास दिक्कत नहीं हुई। उनका मनोबल भी ऊँचा था। पति की आकस्मिक बर्बर मृत्यु से भी वे टूटी नहीं थीं। बच्चों का मुँह ताककर उन्होंने गृहस्थी सँभाल ली थी। लड़की की शादी सुपात्र के साथ हुई थी, अब लड़के की शिक्षा ही उनकी सबसे बड़ी चिन्ता थी।

दामाद के प्रति वे अत्यन्त कृतज्ञ थीं। ऐसा दामाद नहीं होता। हर वक्त उसके चेहरे पर मुस्कराहट बनी रहती है, काम से भी कभी वह थकता नहीं। सास के प्रति वह माँ की तरह श्रद्धा रखता है। माजेदा को कमाल अम्मू कहकर पुकारता था।

शुरू के कुछ दिन आनन्द और उत्साह में बीत गए। उसके बाद वे भविष्य के बारे में चिन्ता करने लगीं। माजेदा की जवानी अब भी बनी हुई थी। उनका शरीर गठीला था और उनमें आत्मसम्मान की भावना भी प्रखर थी। लड़की-दामाद के घर में वे अधिक दिनों तक नहीं रहना चाहती थीं। वे वहाँ

कुछ दिन रहते ही समझ गई थीं कि उनका दामाद जितना भला है, उतना ही पागल भी है। उसकी हालत घर का खाकर वन की भैंस चराने जैसी थी। इसमें उसको आनन्द ही मिलता। व्यवसाय के काम से दौड़-धूप तो वह करता ही था, उससे भी अधिक दौड़-धूप वह औरों की बेगारी में करता।

शुरू-शुरू में माजेदा को इसमें कौतुक-बोध होता।

जुलेखा नादान थी, उसका पति भी फिजूलखर्च था, इसलिए उनकी गृहस्थी अस्त-व्यस्त-सी थी। माजेदा ने सब सँवार दिया और लड़की को उन्होंने समझाया कि किस तरह हिसाब से खर्च करना चाहिए। फिर उन्होंने कमाल से कहा—अब तुम मेरा कोई इन्तजाम कर दो।

कनाडा में नागरिकता मिलना आसान था। मांट्रियल में कमाल ने एक अपार्टमेंट किराये पर लिया सास के लिए। उसके बाद एक दिन अपने स्टेशन-वैगन में सामान लादकर सबको साथ लिये बोस्टन से मांट्रियल रवाना हो गया।

वह मानो किसी अभियात्री दल का अधिनायक था। एक मानव-दल को लेकर वह एक नए देश में भूमि दखल करने जा रहा था। वहाँ उपनिवेश गढ़ा जाएगा। वंश-विस्तार होगा।

कोई कायदे की नौकरी मिलने तक बेबी-सिटिंग करके भी काफी रोजगार किया जा सकता था। इस देश में छोटी-मोटी नौकरी में भी इज्जत थी। रेस्तराँ में मेज पोंछने के काम से भी लोगों का गुजारा हो जाता था। माजेदा खातून वहाँ की स्थिति जल्द ही समझ गईं। शुरू के कुछ हफ्ते अगर दामाद से कुछ मदद भी लेनी पड़ी तो वे उसे कर्ज ही मानेंगी।

कमाल और जुलेखा जब बोस्टन लौट रहे थे, तो रास्ते में एक मैकडोनाल्ड की दुकान पर बैठ तली मछली और आलू खाती जुलेखा बोली—ए जी, चलो न हम कहीं घूमने जाएँ!

घूमने जाओगी? ठीक है, चलो। कहाँ जाना चाहती हो?

इंडिया चलो। मैंने ठीक से कलकत्ता नहीं देखा। अजमेरशरीफ भी नहीं देखा। यहाँ की औरतें कलकत्ते से कितनी अच्छी-अच्छी साड़ियाँ लाकर

पहनती हैं। मीना भाभी सायेदा के घर की पार्टी में कितनी बढ़िया साड़ी पहनकर गई थी।

मैं तुम्हें भी वैसी ही साड़ी ला दूँगा। जरूर दूँगा।

मुझे लेकर इंडिया नहीं जाओगे?

जाऊँगा, जरूर जाऊँगा। लेकिन अभी नहीं। अभी ही तो तुम्हारी माँ आई हैं।

मेरी और क्या इच्छा होती है जानते हो? जहाज में चढ़कर समुद्र घूमने की। साथ में और कोई परिचित नहीं रहेगा।

ठीक है, एक क्रुइज ले लिया जाएगा! दो-तीन सप्ताह का दौरा करेंगे।

कब चलोगे?

क्या अभी जाना चाहती हो? अभी तो तुम्हारी माँ यहाँ आई हैं—चलेंगे, हम लोग कुछ दिनों के बाद चलेंगे।

सच न? वादा रहा?

वाह! तुम जो चाहोगी, उसे मैं कभी नकार सकता हूँ? मेरा सबकुछ तो तुम्हारे ही लिए है, क्या तुम नहीं जानतीं?

कमाल को कुछ विस्मय हुआ। पहले माँ और छोटे भाई के बारे में सोचकर जुलेखा की आँखें छलछला आती थीं। अब उनके यहाँ पहुँचते ही वह उन्हें छोड़कर दूर कहीं घूमने जाना चाहती है। मनुष्य का मन कब क्या चाहता है। इसका कोई ठिकाना नहीं।

सास के आ जाने से कमाल काफी आश्वस्त हुआ। अब व्यवसाय के काम से उसे जब-तब बाहर जाना भी पड़े तो जुलेखा खुद को बहुत अकेली नहीं पाएगी। मांट्रियल और बोस्टन बहुत पास न होने पर भी इस देश में यह दूरी किसी गिनती में नहीं आती। जब-तब टेलिफोन से बात की जा सकती थी। टेलिफोन बिल का भुगतान चाहे जितना करना पड़े, कमाल को इसकी परवाह नहीं। दिन हो या रात, किसी भी वक्त कोई समस्या हो तो जुलेखा माँ को फोन कर सकती थी।

जुलेखा की एक सहेली भी बोस्टन पहुँच गई थी। उसका नाम था मीता।

उसका पति सज्जाद ज़हीर मुक्ति-युद्ध में शहीद हो गया था। देश की स्वाधीनता के लिए जिन्होंने प्राणों की आहुति दी, उनके परिवार के लिए बांग्लादेश सरकार ने कुछ भी नहीं किया था। विधवा होने के बाद मीता अत्यन्त असहाय हालत में थी। फिर उसके चाचा उसे यहाँ ले आए थे।

मीता के साथ जुलेखा का पहले सामान्य परिचय ही था, किन्तु मीता के बोस्टन पहुँचने के बाद उनकी मैत्री काफी घनी हो गई। उनकी बातें जैसे खत्म ही नहीं होती थीं। मीता और जुलेखा की बातचीत के बीच कमाल टपक पड़ता तो जुलेखा उसे टोकती—ए, तुम हमारी बातें क्यों सुनते हो जी? हम प्राइवेट बातें कर रहे हैं।

मीता के लिए नौकरी कमाल ने ही जुटाई थी। मीता के चेहरे पर हमेशा गम्भीर विषाद की छाया बनी रहती। यूँ हँसी-मजाक के समय वह खुलकर हँसती, किन्तु ज्यों ही चुप होती, उसके चेहरे पर वही विषाद लौट आता।

कमाल सोचता, मीता फिर से शादी क्यों नहीं कर लेती? क्या वह अपने पति को भुला नहीं पा रही है? किन्तु जीने के लिए तो भविष्य की ओर ही देखना चाहिए। अतीत में रमे रहने से कोई जी नहीं सकता। एकाकीपन कितना कष्टप्रद होता है यह तो अब कमाल भी अच्छी तरह समझता था। जुलेखा को पाकर उसकी जिन्दगी सार्थक हो गई थी।

जो भावनाएँ उसमें पनपती, उन्हें उगलने में देर नहीं लगती थी कमाल को। एक दिन उसने मीता से कह ही दिया—तुम झूठ-मूठ तकलीफ क्यों सहती हो? अब फिर से शादी कर लो!

मीता बोली—किसने कहा कि मैं तकलीफ में हूँ?

अकेले रहना भी क्या किसी को अच्छा लगता है? तुम्हारे मन और तन की क्षुधा तो होगी ही, उसे मिटाने की इच्छा नहीं होती?

मीता और ज़ुलेखा ने एक-दूसरे को कनखियों से देखा, फिर वे दोनों हँस पड़ीं।

जुलेखा बोली—तब तक उसे कोई और नहीं मिलता, तब तक तुम ही उसके शरीर और मन की भूख मिटाओगे क्या? इतना आग्रह है तुम्हें!

कमाल लज्जित हो गया। उसने जो कहा, उसका यह अर्थ निकला? हालाँकि जुलेखा और मीता दोनों ही ठठाकर हँस पड़ी थीं और जुलेखा ने भी हलके विनोद में ही ये बातें कही थीं।

एक दिन कमाल कैम्ब्रिज की ओर से गाड़ी लेकर आ रहा था। रास्ते में उसने मीता को देखा, वह अकेली कहीं जा रही थी। उसके चेहरे पर वही उदासी छाई थी। साथ ही वह थकी हुई भी लग रही थी। बारिश की हलकी फुहारें पड़ रही थीं।

मीता के बिलकुल बगल में गाड़ी रोककर कमाल ने दरवाजा खोल दिया। बोला—चली आओ, चली आओ।

मीता पहले चौंकी, फिर खुद को सँभालकर पूछा—कहाँ जा रहे हो?

चलो, जहाँ तुम्हें जाना हो, पहुँचा दूँगा।

नहीं-नहीं, इसकी जरूरत नहीं। मैं पैदल ही चली जाऊँगी।

क्यों, पैदल क्यों जाओगी? मैं छोड़ दूँगा तुम्हें।

भाई साहब, आप व्यस्त आदमी हैं, आप क्यों मेरे लिए ख्वामख्वाह तकलीफ करेंगे, आप जाएँ।

वह स्थान गाड़ी पार्क करने का नहीं था। कमाल के अचानक रुक जाने से उसके पीछे मोटरों का ताँता लग गया और किसी भी क्षण पुलिस वहाँ पहुँचकर 'टिकट' दे सकती थी उसे।

अरे, देर न करो, आओ तो।

मीता अनिच्छापूर्वक, कुछ मजबूर-सी गाड़ी में चढ़ गई। शिकायत भरी क्षुब्ध नजरों से कमाल की ओर देखा उसने।

कमाल बोला—रेन-कोट लेकर क्यों नहीं निकलीं? एकदम भीग गई हो। इधर पैदल कहाँ जा रही थीं?

इस प्रश्न का जवाब न देकर मीता बोली—कमाल भाई, आपने ख्वामख्वाह मुझे गाड़ी में क्यों बैठाया? यह आपने ठीक नहीं किया।

कमाल ने भौंहें तानकर पूछा—क्यों? तुम भीगती हुई जा रही थीं, तुम्हें लिफ्ट दिया तो इसमें बेठीक क्या हुआ?

इस तरह थोड़ा-बहुत भीगने का मुझे अभ्यास है।

किन्तु मैंने तुम्हें लिफ्ट दिया तो बुरा क्या हुआ?

आप बहुत सीधे-साधे इनसान हैं, आप कुछ समझते नहीं। कहीं किसी परिचित ने देख लिया कि मैं आपके संग गाड़ी में बैठी घूम रही हूँ, तो?

हा-हा-हा! घूम कहाँ रही हो? मैं तो काम से जा रहा था। रास्ते में तुम्हें देखा तो लिफ्ट दे दिया।

लेकिन और लोग क्या यह समझेंगे? वे तो कुछ और ही सोचेंगे। पाँच तरह की बातें उड़ाएँगे। अगर मेरे चाचा के कानों तक बात पहुँचे, आपको तो मालूम ही है कि वे कितने सख्त हैं!

तुम औरतों की बातें भी बड़ी अजीब ढंग की होती हैं। किसी परिचित को राह पर बारिश में भीगते देखकर भी क्या मुझे अनदेखा कर आगे बढ़ जाना चाहिए था? किसी और के साथ तुम्हारा 'अपाइंटमेंट' था क्या? मैंने क्या डिस्टर्ब कर दिया?

कमाल भाई, आप तो कुछ समझते ही नहीं। जुलेखा भी सुने तो कुछ और सोच सकती है।

हा-हा-हा! बहुत मजेदार बात करती हो तुम तो!

उस दिन घर लौटकर कमाल ने हँसते-हँसते जुलेखा को इस घटना के बारे में बताया। जुलेखा शरारत भरी आँखें तरेरकर बोली—हटो भी, अचानक मुलाकात हो गई थी या तुम जान-बूझकर उस रास्ते पर पहुँचे थे? तुम्हें तो मालूम था कि उस वक्त मीता उधर काम करने जाती है!

मीता तो उधर काम नहीं करती। आज ही शायद उधर कोई नया काम तलाशने गई थी।

जानती हूँ जी, जानती हूँ। लेकिन मीता से मुझे कोई डर नहीं है।

डर? कैसा डर?

तुम्हें खोने का डर।

मुझे खोने का? जुलेखा, मैंने तो तुम्हें अपना सर्वस्व दे दिया है, तुम्हारे ही आसपास मँडराता रहता हूँ।

जो सबसे ज्यादा अपना होता है, उसी को खोने का भय भी ज्यादा होता है।

कमाल का दिल धड़कने लगा। उसके भीतर फिर कुछ डोल उठा। इससे पहले कभी किसी ने इतने सुन्दर शब्दों में उससे कुछ नहीं कहा था।

जुलेखा को वह बाँहों में भरकर शयनकक्ष में ले गया।

कुछ दिनों से रुपये-पैसे का अभाव बना हुआ था कमाल के साथ। किन्तु वह नहीं चाहता था कि जुलेखा के सामने उसकी परेशानी प्रकट हो। उसे मालूम होने पर वह यही सोचेगी कि उसकी अम्मा के कारण ही कमाल के बहुत रुपये खर्च हो गए हैं।

व्यवसाय बढ़ाने के लिए जी-तोड़ मेहनत कर रहा था कमाल, किन्तु बात बन नहीं रही थी। इस देश में फैशन बहुत तेजी से बदलते हैं। किसी साल सभी लोग चौकोर टेबिल-मैट के पीछे भागते तो अगले ही साल गोल टेबिल-मैट का फैशन होता। उस समय कोई भी चौकोर टेबिल-मैट छूकर भी नहीं देखता था।

पिछले शरद में जूट के बने एक प्रकार के स्लिंग-बैग की अच्छी माँग थी, इस साल ज़ाड़ा आते ही उस बैग की कद्र नहीं रही। बांग्लादेश में आर्डर भेजकर उस तरह के काफी बैग कमाल ने हाल ही में मँगा लिये थे, किन्तु माल पहुँचते तक फैशन बदल जाने से अब कोई भी दुकानदार इस तरह के बैग रखने को तैयार नहीं था। कमाल हर रोज कीमत घटाता जाता, फिर भी बाजार नहीं मिल रहा था। सारा ही अगर नुकसान हो गया तो उस घाटे को सँभाल पाना बहुत मुश्किल होगा उसके लिए।

आधी रात में जुलेखा की नींद उचट गई तो उसने देखा कमाल बगल में नहीं है। बाथरूम में भी रोशनी नहीं जल रही थी। उसने आहट ली, सारा घर निस्तब्ध था। वह हड़बड़ाकर उठ बैठी। बैठक में रोशनी की क्षीण रेखा दिखाई पड़ी। कुछ अलग ही तरह की रोशनी थी।

दबे पाँव वह बैठक के दरवाजे तक पहुँची। अन्दर झाँककर देखा, फर्श पर बैठा कमाल एकाग्र मन से धागे रँग रहा था। इन धागों से और तरह के

झोले बनेंगे। बैठक की रोशनी न जलाकर वह शयनकक्ष का टेबिल-लैम्प वहाँ ले आया था और उसकी रोशनी में अपना काम कर रहा था ताकि जुलेखा की नींद में खलल न पड़े।

कमाल के इर्द-गिर्द धागों के जो स्तूप थे, उन्हें रँगते सारी रात पार हो जाएगी।

उसके पास पहुँचकर जुलेखा ने पूछा—तुमने मुझे बुलाया क्यों नहीं?

यूँ पकड़े जाने पर कमाल सलज्ज हँसी बिखेरकर बोला—क्या बात है, तुम्हारी नींद कैसे उचट गई? मैंने कोई आवाज की थी क्या?

क्या तुम नहीं जानते कि तुम्हारी बाँहों में बिना सर रखे मैं ठीक से सो नहीं पाती? तकिया मेरे सर में गड़ने लगता है।

चलो फिर, यह सब रहने दो।

तुमने मुझे बुलाया क्यों नहीं? मैं तुम्हारी मदद ही करती।

कोई जरूरत नहीं थी, मैं अकेले ही कर लेता। जितना रह गया है, कल सुबह कर लेने से भी चलेगा।

तुम इतनी मेहनत करोगे तो तुम्हारा स्वास्थ्य कैसे ठीक रहेगा? कुछ दिन बिजनेस से ध्यान हटाकर और किसी चीज में मन लगाओ।

मेरा मन तो सिर्फ दो ही तरफ भाग सकता है—तुम्हारी तरफ या विजनेस की तरफ। और कोई चीज तो मैं जानता ही नहीं।

वह जो मैंने सैर के लिए चलने को कहा था?

चलेंगे, सो तो चलेंगे ही। थोड़ा फ्री हो लूँ। पहले कुछ मोटी रकम तो हाथ लगे।

जब व्यवसाय में रुपये-पैसे का कोई ठीक-ठिकाना नहीं है तो तुम नौकरी भी तो कर सकते हो। यहाँ जितने भी परिचित हैं सब नौकरी ही करते हैं।

धुत्त। नौकरी करने का मेरा मिजाज नहीं है।

अपना काम अधूरा छोड़कर कमाल बेसिन पर हाथ धो आया। फिर जुलेखा को लेकर सोने चला गया।

इसके कुछ दिन बाद माजेदा खातून भी टेलिफोन पर कमाल को नौकरी

कर लेने का परामर्श देती रहीं। माँ और बेटी में पहले ही इस विषय पर बात हो गई थी, यह स्पष्ट था।

वे बोलीं—सुनो कमाल, सुना कि तुम्हारे व्यौपार में बहुत मन्दी चल रही है? इस देश में अभी सारे ही व्यवसाय घाटे में चल रहे हैं? है न? टी. वी. में देखा—अब मोटरगाड़ी भी नहीं बिक रही है, सारे उत्पादन डम्प पड़े हुए हैं... इकोनॉमी में डिप्रेशन चल रहा है।

कुछ ही महीने में माजेदा खातून अमरीका-कनाडा के बारे में बहुत कुछ जान गई थीं। वे अब बांग्ला से अधिक अंग्रेजी शब्दों का प्रयोग करतीं। टेलिविजन देखकर वे इस समय की आर्थिक स्थिति की जानकारी लेती थीं।

सास के ज्ञान के इस परिचय से कमाल को मजा आता।

माजेदा बोलीं—तुम तो कितने ही लोगों को नौकरी दिलाया करते हो, कितने तरह के लोगों के साथ यहाँ तुम्हारा मेल-जोल है, तुम चाहो तो अनायास अपने लिए भी एक अच्छी नौकरी तलाश सकते हो। है या नहीं?

नौकरी, अपने लिए?

जब व्यवसाय की ऐसी अनिश्चित हालत है, कब क्या हो इसका कोई ठिकाना नहीं, मान लो एक दिन अचानक तुम्हारा सबकुछ घाटे में चला जाए—तुम्हें अपनी गृहस्थी के बारे में भी सोचना चाहिए।

यह आप क्या कह रही हैं अम्मू? मैं अचानक नौकरी क्यों करने जाऊँ भला?

मैं तुम्हारे भले के लिए ही कह रही हूँ। मैं क्या तुम्हें कोई गलत सलाह दे सकती हूँ? तुम ही बोलो?

आप मेरी माँ की तरह हैं, आप तो मेरा भला ही चाहेंगी। लेकिन अम्मू, नौकरी करना मेरे बूते के बाहर की चीज है। अगर रुपये-पैसे की ही बात होती तो मैं तो अपने देश में भी ठाट-बाट से रह सकता था। देश में मेरे पास रुपये की कौन-सी कमी थी? नहीं अम्मू, आप ज्यादह फिक्र न करें। व्यवसाय मैं जैसे भी हो सँभाल लूँगा।

अगर अभी तुम्हारा स्लम्प पीरियड चल रहा है तो कुछ दिनों के लिए ही कोई नौकरी कर सकते हो। थोड़ा प्रयत्न करने से तुम्हें काम मिल जाएगा।

अपने लिए मैंने कभी किसी की खुशामद नहीं की। आप घबराएँ नहीं, आपकी बेटी को मैं भूखी नहीं रखूँगा।

नहीं, नहीं, मेरा यह मतलब नहीं था। मैं तुम्हारी सेहत के बारे में चिन्तित हूँ। तुम पर अगर बिजनेस का प्रैशर ज्यादा पड़े—

मैं ठीक हूँ। आप सब भी मजे में हैं तो? अगर कहें तो इसी वीक-एंड पर जुलेखा को लेकर आऊँ आपके यहाँ?

अच्छा तो है, आ जाओ। किन्तु फिर खर्च-वर्च करके जाओगे—

आप क्या समझती हैं कि मेरी इतनी भी औकात नहीं है? आपकी दुआ से कमाल हर स्थिति से गुजरकर फिर सँभल सकता है। तो फिर यही तय रहा, वीक-एंड में मुलाकात होगी। खुदा हाफिज!

खुदा हाफिज!

जैसे भी हो, यह बात रह गई थी कि कमाल का व्यवसाय चौपट हो गया था। उसके कुछ और शुभाकांक्षियों ने भी उसे नौकरी करके निश्चिन्त जीवन बिताने का परामर्श दिया। जुलेखा भी इसी तरह के इशारे करती। इससे कमाल की जिद और बढ़ गई। सफेद चमड़ीवालों की गुलामी करने के लिए वह इस देश में नहीं आया था। स्वदेश में रहते हुए भी उसने कभी नौकरी करने की नहीं सोची। अब भी यहाँ का सबकुछ छोड़-छाड़कर वह ढाका लौट जाए तो वहाँ आराम से ही रहेगा। घरेलू व्यवसाय का हिस्सा उसे भी मिलेगा। किन्तु कमाल पराजय नहीं मानेगा, उसे अपना धन्धा स्थापित करना ही है। सिर्फ खुद के लिए नहीं, देश में जो दस-बारह परिवार उसके आर्डर के मुताबिक माल बनाकर भेजते हैं वे भी तो कमाल के इस धन्धे पर ही आश्रित थे।

कमाल जी-तोड़ मेहनत करने लगा।

एक सुबह उसकी नींद बहुत देर में खुली। धूप चढ़ गई थी। उसे बहुत तड़के कहीं जाना था।

जुलेखा बहुत पहले बिस्तर छोड़ चुकी थी। इस बीच उसने स्नान भी

कर लिया था। उसके भीगे बाल पीठ पर फैले हुए थे। गुलाबी साड़ी में उसका चेहरा खिले कमल-सा लग रहा था।

कमाल शिकायत के लहजे में बोला—यह क्या, तुमने मुझे जगाया नहीं? बताओ, कितनी देर हो गई मुझे! अभी कितने बजे होंगे?

जुलेखा मुस्कुराकर बोली—मैंने जान-बूझकर नहीं बुलाया। तुम एक बच्चे की तरह सो रहे थे। काम करते-करते जान दे दोगे क्या? तुम्हें विश्राम की जरूरत है।

आठ बजे मेरा एक अपाइंटमेंट था।

भाड़ में जाए तुम्हारा अपाइंटमेंट! खिड़की पर पर्दे डाल देती हूँ, तुम कुछ देर और सो लो।

कमाल खाट से नीचे उतरता हुआ बोला—पगली हो क्या? काम टालने से चलेगा?

जुलेखा उसके सामने दीवाल की तरह अड़ गई। बोली—तुम अगर नहीं मानते, तो रात में दूध के साथ मैं रोज नींद की गोली मिला दूँगी। तब देखूँगी तुम कैसे रात-रात भर जागकर काम करते हो और सुबह अपाइंटमेंट निभाने जाते हो!

कोई किसी के बारे में इतनी निबिड़ता से सोच सकता है यह मालूम हो जाए तो मानो जिन्दगी सार्थक हो जाती है। कमाल ने जुलेखा की हथेली थामकर अपना गाल उस पर टिका दिया। फिर वह बोला—बहुत दिनों से तुम्हें बाहर कहीं नहीं ले गया। सचमुच इतना भी काम में जुटे रहना ठीक नहीं। आज शाम को हम कोई ड्रामा देखने चलेंगे, क्यों? तुम कौन-सा देखना चाहोगी, तय किए रहना।

जुलेखा बोली—किसी अच्छे थियेटर का टिकट जैसे तुम्हारे लिए रखा हुआ है। दस-पन्द्रह दिन पहले ही सारे टिकट बुक हो जाते हैं।

कमाल हँसकर बोला—टिकट के लिए तुम न सोचो। अरे, तुम्हारे इस पति के लिए असाध्य कुछ भी नहीं है। थियेटर के टिकट तो मामूली चीज हैं।

वस्तुत: उस दिन कमाल के पास रुपये भी नहीं थे। बैंक-बेलेन्स भी शून्य था। थियेटर के टिकट की काफी कीमत थी। किन्तु फिर भी सोच काहे की? शाम तक रुपये का इन्तजाम क्या नहीं हो पाएगा?

अवश्य हो जाएगा।

4

जुलेखा अब जुली बन गई थी। वह अकेली ही बाहर निकल सकती थी। बस के रूट भी सब जान गई थी। किस शापिंग मेल में सबसे अधिक डिस्काउंट पर सामान बिक रहे हैं, यह खबर भी अब वह रखने लगी थी। अखबार के विज्ञापन देखकर वह डिस्काउंट कूपन काटकर इकट्ठे करती।

एक बार वह अकेले ही मांट्रियल भी घूम आई।

बर्फ की झड़ी लगने पर उसने पहली बार साड़ी छोड़कर पतलून पहनी। और पोशाक बदलते ही उसका चेहरा भी बदल गया। स्लैक्स और कमीज में वह और भी स्मार्ट लगने लगी। उसके पुराने मित्र भी उसे पहचान न पाएँ अगर वह अपने गाँव लौट जाए। अंग्रेजी बोलने का ढंग और उच्चारण भी उसका बदल गया था।

बोस्टन के परिचित लोगों के बीच जुलेखा बहुत जनप्रिय हो गई थी। अब लोगों को यह मालूम हो गया था कि जुलेखा बहुत अच्छा गाना गाती है। विभिन्न घरों की पार्टियों में उससे गाने का अनुरोध किया जाने लगा।

एक दिन दोपहर को घर लौटकर कमाल ने देखा, जुली बिस्तर पर पड़ी तकिये में मुँह छिपाए सिसक रही थी।

कमाल को एक झटका सा लगा। क्या हो गया जुलेखा को? जरूर कोई अनहोनी बात हो गई है।

उसकी पीठ सहलाते हुए उसे वह आवाज देता रहा, पर जुलेखा ने तकिये से चेहरा नहीं हटाया।

उसकी पीठ पर हाथ फेरता हुआ कमाल दुनिया भर की बातें सोचता रहा। ऐसा क्या हो सकता है जिससे जुलेखा को इतना दुःख पहुँचा? व्यवसाय की स्थिति उसकी चाहे जैसी भी रही हो, वह तो जुलेखा की कोई इच्छा अपूर्ण नहीं रखता। खान-पान सब ठीक-ठाक है, जुलेखा साड़ियाँ या और जो भी चीज खरीदना चाहती उसके लिए वह उसे रुपये देता रहता। वह अपनी इच्छानुसार मांट्रियल अपनी माँ के पास भी जा सकती थी। पिछले कुछ महीने से तो वह बहुत खुश थी। फिर क्यों वह रोने लगी?

कमाल भी रुआँसा हो आया। भर्राए स्वर में वह बोला—जुली, जुली, तुम्हें क्या हुआ, मुझे नहीं बताओगी? मैंने कोई गुस्ताखी की है? अगर मुझसे कोई गलती हो गई हो तो क्या तुम क्षमा नहीं करोगी?

अचानक जुलेखा पलटकर बोली—तुम ऐसा क्यों कर रहे हो? मुझे तो कुछ नहीं हुआ।

तुम पड़ी पड़ी सिसक रही थीं।

नहीं तो। मैं तो नहीं रोई।

क्या हुआ है, सच-सच बता दो। तुम्हारी माँ ने कुछ कहा? देश से कोई समाचार मिला?

ऐसा कुछ भी नहीं हुआ, कह तो रही हूँ—मैं रोई ही नहीं।

मैंने देखा, तुम फफक रही थीं, तुम्हारी आँखों में आँसू थे।

वह कुछ नहीं, एक किताब पढ़कर मन बोझिल हो गया था।

कहाँ है किताब? कौन सी किताब थी?

अभी नहीं, दोपहर से पहले पढ़ रही थी।

आसपास कोई पुस्तक नहीं थी। पुस्तक पढ़कर वह गमगीन हो गई थी इस बात पर कमाल को यकीन भी नहीं हुआ। किन्तु जुलेखा ने भी अपने रोने का कोई दूसरा कारण नहीं बताया। बल्कि वह हँसने लगी। कमाल से मजाक करने लगी—तुम इस तरह व्याकुल हो जाते हो इसलिए कभी-कभी झूठ-मूठ रोने का बहाना बनाना अच्छा लगता है। यू गेट अपसेट सो इजिलि। मेरे लिए तुम इतना क्यों सोचते हो?

जुली, जब मैं घर पर नहीं होता, बाहर घूमता रहता हूँ, तब भी तुम्हारे बारे में ही सोचता हूँ।

हमेशा मेरे बारे में ही सोचोगे तो तुम्हारे व्यवसाय की उन्नति कैसी होगी।

मेरी प्रेरणा तो तुम हो, तुम खुश रहो तो मैं हर काम में विजय पा सकता हूँ।

खैर, सुनो, आज मीना भाभी ने फोन किया था, उन्होंने रात में खाने पर बुलाया है। तुम जा पाओगे या नहीं? दिन-भर तो गाड़ी चलाकर लौटे हो!

हाँ, चलूँगा। गाड़ी चलाने में मैं थकता नहीं। तुम तैयार हो जाओ।

मीना भाभी के घर पर एक नवयुवक से परिचय हुआ। वह हाल ही में बांग्लादेश से आया था। उसका नाम उमर अली था। स्वभाव से नम्र और भद्र। बातें कम करता। मालूम हुआ कि वह गणित में बहुत तेज था। फिलहाल बोस्टन यूनिवर्सिटी में एडमिशन मिल गया था। उसकी इच्छा हावर्ड यूनिवर्सिटी में पढ़ने की थी। उसके साथ कमाल दस मिनट में ही घुल-मिल गया।

डॉ. अजहरुद्दीन ने एक कॉर्डिलाक मोटर गाड़ी खरीदी थी, मोना भाभी उसी गर्व में झूम रही थीं। मोटर के बारे में बताते वे थक नहीं रही थीं। वे बता रही थीं—डेढ़ साल पहले टोरेंटो जाते समय रास्ते में एक कॉर्डिलाक मोटर देखकर मुझे इतना पसन्द आई थी कि उसी दिन मैंने सोच लिया था...।

महिलाएँ सब एक झुंड में बैठी थीं। पुरुष चारों ओर छितराए हुए थे। दो व्यक्तियों को छोड़कर औरों के हाथों में शराब के गिलास थे।

विश्वजित हमेशा अपने साथ व्हिस्की की बोतल ले आया करता था। शाम को हलक के नीचे दो घूँट बिना डाले उसे खाना नहीं रुचता। इसके लिए

मीना भाभी पहले कई बार उसे सस्नेह झिड़क भी चुकी हैं, यहाँ तक भी कह चुकी हैं कि और चाहे जहाँ जाओ, मेरे घर में यह सब नहीं चलेगा। इसके जवाब में विश्वजित कहता—तब आप मुझे बुलाया ही न करें।

विश्वजित का साथ देता महमदुल! विश्वजित फिर भी किसी हद पर जाकर रुकता, किन्तु महमदुल पीने लगे तो उसे मात्रा का ज्ञान नहीं रहता, हर पार्टी में उसके पाँव लड़खड़ाने लगते।

बहुतों की धारणा थी कि विश्वजित ने ही महमदुल को इस नशे का अभ्यास कराया था। नहीं तो वह सैयद वंश का है, उसके लिए तो शराब छूना भी हराम है। किन्तु महमदुल ने गर्व के साथ यह ऐलान कर दिया था कि वह ढाका में रहते ही पीने लगा था, यहाँ साहबों के देश में आकर नहीं सीखा। रोजे के दिन सिगरेट पीकर अपने वालिद से बहुत मार खाई थी एक बार।

महमदुल रोज़ा नहीं रखता था, नमाज भी नहीं अदा करता था। उग्र वामपन्थी राजनीति में उसका विश्वास था। वह बहुतों पर फब्तियां कसता रहता था, किन्तु फिर भी लोग उसे पसन्द करते थे—क्योंकि वह बहुत ईमानदार था।

इन दोनों के बीच कमाल की भूमिका बड़ी मजेदार थी। विश्वजित के बोतल निकालते ही कमाल दौड़ता उनके लिए गिलास, सोड़ा-पानी वगैरह लाने, यहाँ तक कि खुद ही बोतल से गिलास में शराब उँडेल भी देता। किन्तु वह स्वयं एक बूँद तक नहीं पीता था। एक दिन कमाल के घर पर ही व्हिस्की की बोतल खोलते समय महमदुल के हाथ से बोतल छूट गई और फर्श पर गिरकर चकनाचूर हो गई। दो अतृप्त शराबी जब तक अफसोस में हाय-तौबा मचाते रहे, तब तक कमाल दौड़कर दुकान से दूसरी बोतल खरीद लाया था।

विश्वजित ने उस दिन कहा था—कमाल भाई, तुमने आज वाकई कमाल कर दिया।

महमदुल तो कमाल की कदमबोशी कर बैठा। कहा—कमाल भाई! तुम खुद नहीं पीते, फिर भी हम शराबियों की इतनी सेवा करते हो, यह बात ठीक समझ में नहीं आती।

इससे क्या? शराब तो आदमियों के पीने के लिए ही बनती है। जिसकी मर्जी पीए, जिसकी मर्जी न पीये। इसमें औरों को टोकने का क्या है?

यानी तुम शराब पीना बुरा नहीं मानते?

बुरा-भला तो खुद पर निर्भर करता है। जो इसे बुरा माने, उसे पीना ही नहीं चाहिए।

तुम अगर इसे बुरा नहीं मानते तो थोड़ी पीकर देखो।

मेरी इच्छा नहीं होती। अगर कभी इच्छा हुई तो अवश्य पीऊँगा। शायद तुम लोगों से ज्यादा ही पी जाऊँ।

कमाल की सेवा पाकर उनकी आदत इतनी बिगड़ गई थी कि अब वे अपनी जगह से हिलते ही नहीं थे। कमाल और कहीं हो तो भी वे चीखकर कहते—कमाल भाई, फ्रिज में से एक बोतल सोडा ला दोगे?

विश्वजित और महमदुल नशे और तर्क में डूबे हुए थे, उमर अली उनकी बगल में चुपचाप बैठा था। कमाल ने उससे पूछा—आप पिएँगे? गिलास ला दूँ?

उमर अली ने कहा—नहीं, मैं नहीं पीता।

कुछ रुककर उसने फिर कहा—ऐसा नहीं कि मैंने कभी नहीं पी, दो-एक बार चखी जरूर है, मुझे अच्छी नहीं लगी।

बीच बहस में महमदुल ने यकायक कहा—ओ कमाल भाई, तुमसे एक जरूरी बात तो कहा ही नहीं। उमर के लिए कहीं एक कमरे का इन्तजाम करना पड़ेगा। तुम्हारी तो बहुत जान-पहचान है।

कमाल ने तुरन्त कहा—ठीक है, इन्तजाम हो जाएगा। कैसा कमरा चाहिए?

महमदुल बोला—उमर मेरे यहाँ टिका है। मुझे कोई परेशानी नहीं थी, किन्तु तुम तो जानते ही हो कि मैं छह महीने के लिए वेस्ट कोस्ट जा रहा हूँ, सो अपार्टमेंट छोड़ दूँगा। अकेले एक अपार्टमेंट का किराया उमर अफोर्ड नहीं कर पाएगा।

होस्टल में जगह नहीं मिली?

नहीं। मिल भी जाए तो वहाँ रहकर उसे पढ़ने में दिक्कत होगी। उसके

लिए सबसे उत्तम होता अगर किसी फैमिली में पेइंग गेस्ट रह पाता। खाना बनाने का झंझट भी नहीं रहता।

नो प्राब्लम। व्यवस्था हो जाएगी।

विश्वजित ने उमर का कन्धा थपथपाकर कहा—समझ लो, तुम्हारी व्यवस्था हो गई। कमाल साहब ने कह दिया, यही काफी है। आलपिन से हाथी तक तुम जो चाहो कमाल साहब क्षण-भर में हाजिर करने की सामर्थ्य रखते हैं।

इस बातचीत और हँसी-मजाक के बीच मीना भाभी आकर बोलीं—चलो, चलो, खाना परोसा गया है, अब बोतल बन्द करो।

महमदुल बोला—भाभी, थोड़ी और बस पाँच मिनट!

मीना भाभी आँखें तरेरकर बोलीं—बिलकुल नहीं। तुम्हारा इरादा मैं समझती हूँ। अब और नशा करोगे, फिर सारा खाना मुँह में लेकर थूकोगे और कहोगे—नमक ज्यादा है। बहुत मेहनत से खाना बनाया है, बरबाद करने नहीं दूँगी। कमाल, तुम इन लोगों को उठाओ तो!

महमदुल ने इस पर कहा—आज गाना तो हुआ ही नहीं! जुलेखा भाभी का गाना सुने बिना मैं खाना नहीं खाऊँगा!

जुलेखा की अधिक खुशामद नहीं करनी पड़ती थी। उसने दो रवीन्द्र-संगीत सुनाए।

जब वह गाती, कमाल औरों का मुँह ताकता। औरों को मुग्ध होते देखकर वह खुद और भी मुग्ध होता।

अजहरुद्दीन साहब ने कमाल की पीठ थपथपाई—लकी डॉग! तुम जब चाहो तब कितने अच्छे-अच्छे गीत सुन सकते हो। हम लोगों की बीवियाँ कुछ गाना नहीं जानतीं—वे सिर्फ साड़ी और गहने की बातें करती हैं, सिर्फ साड़ी और गहने...

किसी भी पार्टी से घर लौटने के बाद कुछ देर तक पार्टी के लोगों के बारे में बातें होतीं। जुलेखा बहुत अच्छी नकल उतारती थी। साड़ी बदलते-बदलते वह बता रही थी कि मीना भाभी जब मोटर की बात कर रही थीं तो उनका चेहरा कैसा हो रहा था।

कमाल मीना भाभी के पक्ष में बोला—नहीं, नहीं, वे बहुत अच्छी हैं, असल में उनका मन बहुत सरल है।

जुलेखा बोली—आज एक नए व्यक्ति को देखा वहाँ, एक कोने में चुपचाप बैठा था।

ओह, तुमसे उसका परिचय नहीं हुआ? उसका नाम उमर अली है। कोई सप्ताह भर पहले ही यहाँ आया है।

देखने में तो सीधा-साधा भला आदमी लगा।

हाँ। पढ़ने में बहुत तेज है, आदमी भी भला है। जानती हो, उसके साथ एक प्राब्लम है। महमदुल के घर पर टिका था, किन्तु महमदुल अपार्टमेंट छोड़कर जा रहा है। उमरअली के लिए कोई कमरा तलाशने को कह रहा था मुझसे।

और तुमने भी यह दायित्व ले लिया?

अरे, मैं तो लगभग कहने ही जा रहा था कि जब तक कोई व्यवस्था न हो जाए, आप मेरे यहाँ आकर ठहरिए। लेकिन खुद को जब्त कर गया। याद आया कि एक दिन तुमने कहा था—यह मेरे अकेले का घर नहीं, तुम्हारा भी घर है, अत: तुमसे बिना पूछे-जाँचे किसी को भी लाकर हाजिर न करूँ।

उनके पास पैसा-कौड़ी कुछ है नहीं क्या?

है क्यों नहीं? मगर अकेले एक अपार्टमेंट लेकर रहने में बहुत खर्च है। वह कहीं पेइंग-गेस्ट होकर रहना चाहता है, रसोई-वसोई के झमेले में नहीं पड़ना चाहता।

तो मैं उन्हें भोजन बनाकर खिलाऊँगी?

हा-हा-हा! मैंने कब कहा कि उन्हें अपने ही घर पर लाकर रखूँगा! मैंने सिर्फ कहा है कि कोई कमरा तलाश दूँगा।

उन्हें रख सकते हो। मुझे कोई आपत्ति नहीं है। एक कमरा तो पड़ा ही हुआ है। पेइंग-गेस्ट रखने से हमें भी कुछ सुविधा होगी, तुम्हारा व्यवसाय भी अभी मन्दा चल रहा है।

तुम यह सब बिलकुल न सोचो। रुपये-पैसे की भी जरूरत नहीं है। व्यवसाय मैंने बहुत सँभाल लिया है। शीघ्र ही अट्ठाइस हजार डॉलर का एक आर्डर मिलनेवाला है, अगर समय से मैं माल दे सका तो काफी मार्जिन रहेगा, एक सुरक्षित निधि बन जाएगी।

वह रुपये तो तुरन्त नहीं मिल रहे हैं।

दो-एक सप्ताह बाद ही पा जाऊँगा। यह सब लेकर तुम्हें चिन्ता करने की जरूरत नहीं है। अगर तुम्हें ऐतराज नहीं है तो मैं उमर अली को कुछ दिन के लिए यहाँ ठहरा सकता हूँ, जब तक कि और कोई व्यवस्था न हो जाए। उनकी बातों से लगा कि वे बंगाली परिवार में ही रहना चाहते हैं।

मुझे आपत्ति नहीं है। कोने का कमरा तो खाली ही पड़ा है।

एक सप्ताह के भीतर ही उमर अली बोरिया-बिस्तर लिये कमाल के घर पहुँच गया। कुछ दिनों के बाद उसके लिए दूसरा कमरा ढूँढ़ने की जरूरत ही नहीं रही।

उमर अली धीर, स्थिर और चतुर था। किसी भी परिवार के साथ सहजता से घुलमिल जाने की उसमें अद्भुत क्षमता थी। खाने-पीने के मामले में उसके साथ कोई झमेला नहीं था। समय-असमय यार-दोस्त जुटाकर हो-हल्ला मचाने की भी आदत नहीं थी उसकी। वह अपनी पढ़ाई में व्यस्त रहता, अधिकतर वह अपने कमरे में किताबों में ही उलझा रहता। यहाँ तक कि छुट्टी के दिन जब कमाल के घर पर कई लोग आकर अड्डा जमाते, तब भी वह कुछ देर बाद ही उठकर चला जाता पढ़ने के लिए।

उमर अली शादीशुदा था, उसकी बीवी और लड़का देश में ही रहते थे। पढ़ाई खत्म करने के बाद यहाँ अच्छी नौकरी मिल जाए तो वह अपना परिवार बुला लेगा, ऐसी उसकी परिकल्पना थी।

उमर अली उम्र में कमाल से दो-तीन साल छोटा था। उसे देखते ही कमाल को वह अपने छोटे भाई जैसा लगा था। यह युवक कितने श्रम से यहाँ पढ़ने आया है, इसकी हर तरह से मदद करनी चाहिए। अगर अभी यह बहुत बड़ा विद्वान् बना तो बांग्लादेश का ही नाम होगा—कमाल सोचता।

उमर अली के स्वभाव में एक गम्भीरता थी, उसे झट से 'तुम' कहकर पुकारा नहीं जा सकता था। कमाल-जैसा विश्वबन्धु भी उसे 'आप' कहकर सम्बोधन करता, 'तुम' नहीं कह सका।

उमर अली सुबह अपना ब्रेकफास्ट खुद बना लेता, फिर वह निकल जाता। दोपहर का भोजन बाहर ही कहीं खा लेता। रात को वे सब एक साथ खाना खाते। उस समय उमर अली रसोई में मदद करना चाहता भी तो कमाल उसे मना कर देता।

जुलेखा शुरू से ही उमर अली को पसन्द करती थी। जुलेखा उम्र में छोटी थी, पर उमर उसे भाभी कहकर पुकारता और सम्मानपूर्वक 'आप' कहता। एक विद्वान पुरुष से ऐसा व्यवहार जुलेखा को बहुत अच्छा लगता।

कुछ ही दिनों में घर एक स्कूल में तब्दील हो गया। उमर साहब के पास नियमित पढ़ने के लिए कुछ लोग आने लगे, उनके साथ ही जुलेखा भी जुट गई। हासिम, बादल, नसीम, जहानारा आदि छात्र-छात्राएँ आते। सिर्फ मीता नहीं आती थी। वह अपने काम से परेशान थी। जुलेखा ने एक दिन कमाल से शिकायत की—मीता बड़ी दुष्ट हो गई है। परसों उसे घर आने के लिए कहा, सब मिलकर खाते-पीते, पर वह आने को राजी नहीं हुई! इस पर कमाल भी मीता से मिल आया, किन्तु सीधा जवाब न देकर वह बात को टाल ही गई।

उमर साहब को शहर के पथ-घाट से परिचित कराने के लिए छुट्टी के दिनों में उसके छात्र-छात्राएँ उसे लेकर घूमने निकलते। वे पार्क और म्यूजियम जाते। इस दल के साथ जुलेखा भी आनन्द में थी। किन्तु वह शौक का स्कूल अधिक दिन टिका नहीं। उमर साहब अपनी पढ़ाई में कुछ ज्यादा व्यस्त हो गए।

देश से हर दिन और भी बुरे समाचार आ रहे थे। जरूरत की चीजों के दाम गगनचुम्बी हो गए थे, प्रायः अकाल जैसी स्थिति थी। प्रिय नेता शेख मुजीब के बारे में लोगों की शिकायतें थीं—वे भ्रष्टाचार को रोकने की कोई कोशिश नहीं करते, उल्टे उसे बढ़ावा दे रहे हैं। उनके संगी-साथी चाहे जितना

भी अन्याय करें, वे आँखें मूँदे रहते हैं। विरोधी दल के नेता की हैसियत से वे जितने सफल थे, सत्ता में आकर वे उतने ही असफल हो गए हैं।

कमाल की इच्छा एक बार देश जाने को हो रही थी। किन्तु जुलेखा को अकेले छोड़कर जाना सम्भव नहीं था। जुलेखा अब ढाका जाने के लिए आग्रहशील नहीं थी। वह कहती, यह भी कोई घूमने के लिए जाने का समय है? वह कमाल से बोली—अम्मा ने क्या पागलपन शुरू किया है, जानते हो? वे कह रही हैं, यहाँ अब तक भी कोई ढंग की नौकरी नहीं मिली, अगर वे देश लौट जाएँ तो वहाँ अध्यापिका की नौकरी उन्हें अब भी मिल सकती है।

कमाल ने पूछा—उस नौकरी में कितनी तनख्वाह थी?

छः सौ रुपये।

धुत्त! छः सौ रुपये याने साठ डॉलर, यहाँ वे किसी भी काम में महीने में दो सौ डॉलर कमा लेंगी। और उस दो सौ डॉलर में से कुछ पैसे बचा भी लेंगी।

तुम ही अम्मा को समझाओ न!

ठीक है, आज ही टेलिफोन करता हूँ। या, एक काम किया जाए। चलो, मांट्रियल चलें तो कैसा रहे! महीने भर से तो हम लोग गए नहीं।

चलो। बस से चलोगे या गाड़ी लेकर?

गाड़ी लेकर ही चलो। तुम गैस के खर्च की बात सोच रही हो क्या? हा-हा-हा! तुम्हारे पति की हालत फिर सुधर गई है।

तुम तो अपने व्यवसाय की बातें मुझे कुछ बताते ही नहीं। जब तुम यहाँ नहीं रहते, तब मैं भी तो कुछ काम का जिम्मा ले सकती हूँ। शुरू-शुरू में तुम मुझे समझाते थे कि...

ठीक याद दिलाया तुमने। अब से आधा जिम्मा तुम्हारा। असलियत क्या थी, बता दूँ? बुरे समय में तुम्हें दुश्चिन्ता में नहीं डालना चाहता था।

अहा-हा! दुश्चिन्ता का बोझ क्या तुम अकेले ढोओगे? और हाँ, एक बात और! जब तुम यहाँ नहीं रहते, मुझे कहीं जाने-आने में बहुत दिक्कत होती है। तुम मुझे ड्राइविंग क्यों नहीं सिखाते?

ठीक है, तुम आज से ही ड्राइविंग सीखना शुरू करो। चलो, माट्रियल जाते समय तुम पहला पाठ लोगी। उमर साहब भी चलेंगे क्या? गाड़ी में तो जगह रहेगी ही, वे भी चल सकते हैं।

पूछ लो।

उमर अली चलने को सहमत नहीं हुए। वीक-एंड में भी उन्हें पढ़ाई करनी है।

मांट्रियल में कमाल की परिचित बहुत-सी संस्थाएँ थीं। वह काफी दिन वहाँ रह चुका था। मांट्रियल में ही कमाल को एक झटका लगा।

डॉ. अजहरुद्दीन और मीना भाभी सैर करने के लिए वहाँ पहुँचे हुए थे। उस्मान साहब के घर पर उनसे मुलाकात हो गई। मीना भाभी कमाल को अलग ले जाकर बोलीं—तुमने क्या यह ठीक किया?

क्या?

अहा, जैसे कुछ जानते ही नहीं! बहुत से लोग कानाफूसी कर रहे हैं। अरे, वह छोकरा उमर अली—उसे तुमने ले जाकर अपने ही घर में टिका दिया, यह क्या ठीक हुआ?

कमाल अचरज से बोला—क्यों? इसमें बेठीक क्या हुआ? उमर साहब अतिशय भद्र, सज्जन व्यक्ति हैं। आपसे उनका परिचय नहीं क्या? उनसे मिलकर देखिए, आप भी पसन्द करेंगी। पढ़ने में बहुत तेज हैं।

छोड़ो ये सब बातें। तुम्हारे घर में तुम्हारी जबान बीवी है, खूबसूरत, और तुम तो अक्सर बाहर ही रहते हो। लोग कहते हैं न, कि घी और आग पास-पास नहीं रखा जाता।

आप यह क्या कह रही हैं भाभी? जुलेखा एक सुशील लड़की है, वह मुझे अपने प्राणों से भी अधिक चाहती है, उसके बारे में आप ऐसा सोचती हैं? फिर उमर अली भी बहुत भद्र और जिम्मेदार व्यक्ति हैं।

रहने दो ये सब बातें। मैंने कहा न, घी और आग पास-पास नहीं रखा जाता।

सुनिए भाभी, मेरी अम्मा ने मुझे घी भेजा था, उस घी का बर्तन हमारे

स्टोव के पास ही रखा रहता है। कभी तो कुछ हुआ नहीं। आग तो कूदकर घी को नहीं जलाती।

घी बर्तन में है, यह और बात है।

यह बर्तन ही हमारा सम्भ्रम, विश्वास, आत्मसम्मान है।

तुम्हारी माँ ने तुम्हें घी भेजा था। यह बीवी भी तो तुम्हारी माँ ने ही भेजी थी। आदमी के साथ क्या किसी और चीज की तुलना हो सकती है?

आपने ही तो घी और आग की तुलना दी।

सुनो कमाल, मैंने तुम्हें सतर्क कर दिया। अब तुम चाहो तो सुनो, चाहे न सुनो।

भाभी, किसी पर इतना अविश्वास करना ठीक नहीं। उमर अली को कमरा नहीं मिल रहा था, इसीलिए मैंने उसे अपने यहाँ टिकने दिया। इसमें आप लोग बुराई देखते हैं? अगर जुलेखा के और मेरे बीच आपसी विश्वास कायम रहे—

मुझे जैसा लगा, वह बता दिया। आगे क्या करोगे, यह सोचना तुम्हारा काम है।

भाभी, आज अचानक आपने यह बात क्यों कही? आपको? क्या और किसी ने कुछ कहा है?

नहीं, किसी ने कुछ नहीं कहा। मैं तुम्हारा भला चाहती हूँ, तभी कह रही थी।

अवश्य, यह मैं मानता हूँ। मैं आपकी श्रद्धा भी करता हूँ। किन्तु अपने देश में जैसा समाज देखा होगा, यहाँ तो हम लोग उस तरह से नहीं रहते। यहाँ हम बहुत ज्यादा फ्री हैं।

मुझे यहाँ रहते तुमसे भी अधिक दिन हो गए हैं कमाल! तुम मुझे यहाँ की सोसाइटी के बारे में सीख मत दो। ठीक है, तुम्हें जो अच्छा लगे, वही करो।

कमाल का मिजाज खिन्न हो गया। मीना भाभी की वह सचमुच श्रद्धा करता था। किन्तु औरतों का मन इतना जटिल क्यों होता है? अपने देश के

किसी विद्यार्थी को घर में आश्रय देने से ही क्यों आग की बात उठेगी? उमर अली के बजाय अगर किसी लड़की को वह घर में ठहराता तो क्या मीना भाभी कमाल के चरित्र को भी शक की निगाह से देखतीं। कमाल को मीता की याद आई—एक दिन मीता को उसने रास्ते में लिफ्ट दिया था और उस पर ही मीता बोली थी कि कोई परिचित उन्हें यूँ एक साथ देख ले तो उनके बारे में अफवाहें उड़ेंगी। आश्चर्य, इस देश में रहकर, इस देश के लोगों का रहन-सहन देखकर भी उनका मन परिवर्तित नहीं होता।

मीता अब उसके घर पर उतना नहीं आती थी। क्यों?

उस रात जुलेखा की बगल में लेटा कमाल कुछ देर तक ऊहापोह में रहा, फिर उसने जुलेखा को बता ही दिया। कोई भी बात वह पचा नहीं पाता था, खासकर जुलेखा से वह कुछ भी नहीं छिपाता था।

कमाल ने हँसते-हँसते ही वह बात कही। जुलेखा दुःखी या चकित नहीं हुई। कुछ देर चुप रहने के बाद बोली—मुझसे भी किसी ने यह बात कही थी।

किसने?

उसका नाम जानने की जरूरत नहीं। है कोई, हमारा ही खास परिचित।

अम्मू?

नहीं-नहीं, मेरी माँ ने कुछ नहीं कहा। है कोई, और। उसने बताया, तुमने यह काम ठीक नहीं किया। उमर अली हमारे परिवार में अशान्ति ला सकता है।

जिसने कहा, क्या वह उमर अली से परिचित है?

नहीं। कभी देखा भी नहीं उन्हें।

आश्चर्य! किसी व्यक्ति को बिना देखे-भाले उसके नाम पर कोई ऐसा लांछन लगा सकता है? सब व्यक्ति क्या एक-जैसे होते हैं? आदमियों में अच्छे-बुरे नहीं होते। मैं तो किसी को भी एकदम बुरा नहीं मानता, सब परिवेश पर निर्भर करता है। खैर, और क्या कहा उसने?

बस, मीना भाभी ने तुमसे जो कहा, वही एक बात! बोला, हिन्दू लोग घर की बहुओं के साथ बाहरी व्यक्तियों का परिचय तक नहीं कराते।

वह क्या यहाँ के भी हिन्दुओं को वैसा ही पाता है? गौतम बनर्जी की

पत्नी रत्ना बनर्जी को यहाँ कौन नहीं पहचानता? गौतम से अधिक लोग रत्ना को ही जानते हैं। एक फंक्शन में तो वह नाची भी थी।

सुनो, लोग अगर इस तरह की गन्दी बात उड़ाएँ तो बेहतर है कि उमर साहब को हम बिदा कर दें।

उमर को हम भगा दें? क्यों, उसका अपराध?

उसे कोई और कमरा तलाश दो।

उसे मैं कैसे कहीं और चले जाने के लिए कहूँ? क्या वजह बताऊँगा?

कहना कि धन्धे का सामान रखने के लिए हमें और जगह की जरूरत है। कुछ सामान लाकर एक दिन ड्राइंग-रूम में इकट्ठा करो। उसके बाद कहो, दो कमरे से हमारा गुजारा नहीं होता।

जुली, लोग आलतू-फालतू बातें बक रहे हैं, इसी से हम भी उस निरपराध को विदा कर दें? उमर को मैं अपने छोटे भाई जैसा मानता हूँ, हमारे कामों में वह कितनी मदद करता है। हमेशा सही सलाह देता है।

तो क्या करोगे?

हम दोनों अगर ठीक रहें, तो औरों की बातों पर कान क्यों लगाएँ? हम क्या एक-दूसरे पर कभी अविश्वास कर सकते हैं?

तुम मेरे और करीब आ जाओ। लोगों की बातें सुनकर मुझे तो डर लगता है। कौन जाने, कोई मेरे नाम कलंक ही मढ़ दे!

छोड़ो ये सब बातें। तुम्हारी अम्मा ने तो कुछ नहीं कहा?

अम्मा बोलीं—तुम लोगों की गृहस्थी है, तुम लोग जैसा उचित समझो वैसा ही करो। किसी विद्यार्थी को आश्रय देने में मैं तो कुछ भी बुरा नहीं देखती। इस देश में तो कितने ही परिवारों में पेइंग-गेस्ट रखे जाते हैं।

अम्मू ने ठीक ही कहा है, वे समझदार हैं। उनके अन्दर कोई गलत संस्कार नहीं है। यह मैं पहले भी कई बार देख चुका हूँ। अम्मू ने जब मना नहीं किया तो मैं किसी और की बात की परवाह नहीं करता। बिलावजह उमर से कमरा छोड़ने के लिए मैं कहूँगा भी नहीं।

उमर साहब ने एक दिन मुझसे क्या कहा था मालूम है? उन्होंने कहा

था—भाभी, मेरी इच्छा आपके साथ भाई-बहन का रिश्ता बनाने की होती है। आप ठीक मेरी छोटी बहन जैसी हैं। आपको देखकर मुझे अपनी छोटी बहन की याद आती है।

भाई-बहन के रिश्ते की क्या जरूरत है? देवर-भाभी का सम्बन्ध भी तो कितना मधुर होता है।

जुलेखा कमाल के गाल पर अपना गाल रखकर बोली—तुम कितने अच्छे हो! तुम्हारे जैसा इनसान विरला ही होता है। जानते हो, जब तुम्हारे संग मेरी शादी की बातचीत चल रही थी, उसके ठीक पहले, शबे-बारात के दिन मैं सारी रात जागती रही थी। मन-ही-मन दुआ माँगती रही थी—ऐ अल्लाह, उस कमाल के साथ ही मेरी शादी हो।

कमाल हँसता हुआ बोला—ऐ, तुमने तो एक दिन कहा था कि मेरी शादी और किसी लड़की से होती तो मैं उसे भी इसी तरह प्यार करता! और तुम्हारी शादी भी किसी और से हो सकती थी!

कहा था क्या? कब कहा था? और किसी लड़की से तुम्हारी शादी होती तो मैं उसे अवश्य ही मार डालती।

इसके बाद दोनों हँसते-हँसते लोट-पोट होने लगे।

5

न्यू-जरसी में एक ट्रेड फेयर होनेवाला था, जिसमें कमाल भी हिस्सा लेना चाहता था। कुछ भारतीय सामग्रियों की वहाँ माँग थी। उन सामानों को लाने के लिए कमाल का एकबार भारत जाना जरूरी था।

जुलेखा को यहाँ छोड़कर ही उसे जाना पड़ेगा। जुलेखा और उमर अकेले रहेंगे। इसे लेकर लोग बहुत कुछ कहेंगे, यह कमाल को मालूम था। जिसकी जो मर्जी हो कहे, उसे कोई फर्क नहीं पड़ता। जुलेखा और वह परस्पर वफादार हैं। इस बारे में जुलेखा से कुछ कहना ही उसके प्रति अविश्वास व्यक्त करने जैसा होगा।

उसके मकान के ही दूसरे अपार्टमेंट में रफी कुल साहब रहते थे। सपरिवार। उनके दो बच्चे, सिराजुल और बेबी अक्सर जुलेखा के पास आते। सिराजुल कमाल का भक्त था, उसने भी यह तय कर लिया था कि बड़ा होकर कमाल की तरह व्यवसाय करेगा, नौकरी नहीं।

कमाल ने सोचा, बेबी रोज रात में जुलेखा के साथ सो सकती है, सिराजुल भी चाहे तो पढ़ाई के लिए वहीं रह सकता है। किन्तु कमाल के भारत

जाने का प्रस्ताव सुनते ही जुलेखा बोली कि वह कुछ दिन के लिए अपनी माँ के पास चली जाएगी।

जुलेखा को मांट्रियल पहुँचाकर कमाल भारत चला गया। दिल्ली-कलकत्ता होता हुआ कुछ दिन के लिए वह ढाका भी गया। वहाँ की स्थिति वाकई बहुत खराब थी। एक ओर अकाल जैसी दशा, दूसरी ओर राजनैतिक स्थिति अत्यन्त उत्तेजक। चारों ओर असन्तोष धूमायित था। और इस परिस्थिति में भी कुछ लोगों के पास काफी पूँजी थी, वे नवाब-बादशाहों की तरह विलासिता में जीवन-यापन कर रहे थे। एक बड़ी लड़ाई झेलने के बाद अधिकांश देशों में ऐसा ही होता है।

कमाल ढाका पहुँचा तो उसके परिचित युवकों ने उसे घेर लिया। वे सभी विदेश जाना चाहते थे, किन्तु उन्हें मौका नहीं मिल रहा था। वे समझते थे कि कमाल चाहे तो उनकी मदद कर सकता है।

कमाल चिन्तित हो गया। देश के सभी होनहार लड़के यदि विदेशों में जा बसें तो देश का क्या होगा? देश की चिन्ता अब किसी को नहीं थी। खुदगर्ज हो गए थे सभी। जितने भी मेधावी छात्र थे उन सबका लक्ष्य किसी तरह इंग्लैंड, अमरीका या कनाडा अथवा पश्चिम जर्मनी पहुँचना हो गया था। जो उतने शिक्षित नहीं थे वे भाग रहे थे अरब देश—बावर्ची, ड्राइवर या झाड़ूदार की नौकरी के लिए। भारत से भी ऐसे बहुत-से लोग जा रहे थे। किन्तु भारत विशाल देश है, कई हजार डॉक्टर-इंजीनियर अगर विदेशों में जा बसें तो भी उतना फर्क नहीं पड़ेगा।

कमाल इन लोगों की क्या मदद करता? किसी को विदेश ले चलने की औकात तो उसकी वाकई नहीं थी। वे अपने देश में ही कोई धन्धा करना चाहें तो वह मदद कर सकता था। किन्तु धन्धे की बात सुनते ही लोग पीछे हट जाते। अधिकांश बंगाली थोड़ा-बहुत लिख-पढ़ लेने के बाद ही व्यवसायियों को अवज्ञा की दृष्टि से देखते, मानो व्यवसायी होने से ही वह अशिक्षित होता है और किसी को अच्छी नौकरी मिल जाए तो वही शिक्षित होता है। नौकरीशुदा यानी सजा-सँवरा व्यक्ति। अतः मध्यवित्त बंगालियों का ध्यान-

ज्ञान सब कुछ बस नौकरी ही थी।

कमाल को अब यह बात समझ में आती है कि जुलेखा और उसकी माँ नौकरी कर लेने के लिए क्यों उसपर इतना दबाव डाल रही हैं।

कोई दबी आवाज में कहता—कमाल भाई, आप तो व्यापार करने की राय दे रहे हैं, किन्तु व्यापार में तो पूँजी लगानी पड़ती है। हम उस पूँजी की व्यवस्था कैसे करें? आप जैसा तो हमारा घर सम्पन्न नहीं है!

कमाल हँसकर कहता—मैं घर से रुपये लेकर तो व्यवसाय करने नहीं गया था। तुम लोग क्या समझते हो, कितने रुपये की जरूरत पड़ती है? सौ रुपये से भी कारोबार शुरू किया जा सकता है। तुम्हारे पास क्या सौ रुपये भी नहीं हैं? ठीक है, मैं हर एक को सौ रुपये कर्ज दूँगा, साथ ही क्या करना होगा सो भी बताऊँगा। धन्धा शुरू करोगे?

कोई भी वह सौ रुपये लेने के लिए आगे नहीं बढ़ता।

कमाल के घर के पास ही उसके दूर के रिश्ते की एक दीदी रहती थी। उस दीदी का एक लड़का था—फजल महमूद, उसे टाइगर के नाम से लोग पुकारते थे। बचपन से ही वह बहुत शोख था। अपनी शरारत से वह लोगों को कितनी तरह की विपत्ति में डाल सकता था, इसका कोई हिसाब नहीं था। किन्तु उसकी भी एक सरलता थी, जिसके कारण कमाल उसे बहुत चाहता था।

जब भी कमाल देश लौटता, टाइगर उससे चिपका रहता। वह बार-बार कमाल से पूछता—कमाल भाई, मुझे कब अमरीका ले चलोगे? मैं वहाँ ज्यादा दिन रहूँगा नहीं, सिर्फ कुछ लोगों को चक्कर में डालकर लौट आऊँगा!

कमाल हर बार आश्वासन देता—अवश्य, अवश्य! मैं खुद आकर तुम्हें ले चलूँगा!

टाइगर की बुद्धि कुशाग्र होने के बावजूद उसने मन लगाकर पढ़ा नहीं। गाँव में उसकी जगह-जमीन थी। कई बड़ी दुकानों के शेयर थे। इसी से गुजारा हो जाता था। टाइगर कपड़े-लत्तों का शौकीन था, इसमें काफी खर्च करता। टाइगर का चेहरा भी आकर्षक था, अच्छे कपड़े उस पर खूब फबते।

इस बार उसकी टाइगर से एक दिन भी मुलाकात नहीं हुई। टाइगर की माँ गुजर चुकी थी, धन-सम्पत्ति का मालिक बनने के बाद टाइगर दोनों हाथों से रुपये उड़ा रहा था। उसे मोटर खरीदने का शौक चर्राया था, एक के बाद दूसरी नई मोटरकार वह खरीदता, फिर कुछ दिनों के बाद उसे बेच देता।

टाइगर जब छोटा था तब वह कमाल की गोद में खेलकर बड़ा होता था, इसलिए कमाल को उससे खास लगाव था। वही टाइगर इस बार कमाल से एकबार भी मिलने नहीं आया, कमाल दो बार उसके घर भी हो आया किन्तु उससे मुलाकात नहीं हुई। सुनने में आया कि वह एक दिन पहले ही चट्टग्राम चला गया था। छोटी जगह थी, कमाल के आने का समाचार टाइगर को अवश्य मिल गया होगा। देश की इतनी संकटजनक अवस्था में टाइगर लगातार मोटर खरीद-खरीदकर रुपये उड़ा रहा था, यह सुनकर कमाल को बहुत दुःख हुआ। कमाल उसे डाँटेगा, क्या इसी भय से वह मिलने नहीं आया?

कमाल के माता-पिता भी कुछ दिनों के लिए अमरीका घूमने जाना चाहते थे। देश की इस डाँवाडोल स्थिति में कुछ दिन बाहर जाकर रहना ही ठीक होगा। किसी तरह कमाल ने उन्हें समझाया कि वे और दो-एक महीने बाद वहाँ जाएँ।

बोस्टन पहुँचकर उसने देखा, उमरअली ने उसका अपार्टमेंट बिलकुल सजा-सँवारकर रखा है। जो इलेक्ट्रॉनिक घड़ी खराब होकर पड़ी थी, उसे भी उसने ठीक करा लिया था। ऐसे किसी व्यक्ति के हाथों घर छोड़कर निश्चिन्त हो कहीं भी जाया जा सकता था। जुलेखा लौटकर कोई शिकायत नहीं कर पाएगी।

एयरपोर्ट से कमाल ने टेलिफोन कर दिया था। घर लौटने में जितनी देर लगी, उतने में ही उमर ने चावल और ग्राउंडबीफ की सब्जी बना ली थी उसके लिए।

कमाल के लिए कोई कुछ करता तो उसे बड़ी दुविधा होती, वह खुद ही तो सबकुछ करने का अभ्यस्त था। कमाल बार-बार कह रहा था—उमर साहब, आपने क्यों नाहक तकलीफ की? मुझे भूख नहीं है, काफी वक्त था, मैं खुद ही कुछ बना लेता।

उमर ने हँसकर कहा—यह जो आप इतने दिनों तक बाहर रहे, इसमें मुझे यही तो फायदा हुआ—मैं कुछ रसोई बनाना सीख गया! भाभी रहती हैं तो मुझे किचिन में घुसने ही नहीं देतीं! कहती हैं—आपको खाना बनाने की क्या जरूरत है? खाते ही कितना हैं आप? आप अपनी पढ़ाई कीजिए, रसोई हम सँभाल लेंगे!

उमर ने सिर्फ घर-द्वार ही करीने से रखा सो नहीं, कमाल की गैरहाजिरी में जितने भी लोगों ने व्यवसाय के मामले में टेलिफोन किया, उसका सारा विवरण भी उसने एक कागज पर नोट कर रखा था और सबको सही-सही जवाब भी दिया था। यह कमाल के लिए बहुत बड़ी मदद थी।

ऐसे किसी व्यक्ति के बारे में भी लोग शक की बातें करते हैं! लोगों के पास क्या और कोई काम नहीं रहता?

कुछ दिनों में जुलेखा भी लौट आई। वह अकेली ही आराम से चल-फिर सकती थी। कमाल को लगा, इन तीन सप्ताह में ही जुलेखा का रंग-रूप और अधिक निखर गया है। उसकी सेहत बेहतर हो गई है।

कमाल स्वयं भी तन्दुरुस्त और खूबसूरत था। किन्तु उसे अपना ध्यान ही नहीं रहता था। जुलेखा अपने रूप के बारे में काफी सतर्क थी। एक दिन वह एक हरे रंग की बढ़िया जार्जेट साड़ी पहने थी, जिसे देखकर बादल ने कहा था—आज भाभी बहुत खूबसूरत दीख रही हैं! इसके जवाब में जुलेखा बोली थी—खूबसूरत तो खूबसूरत ही दीखेगा, इसमें चकित होने की क्या बात है?

यह बात कमाल को खटक गई थी। ऐसी बात जुलेखा को शोभा नहीं देती। कमाल ने सोचा था, जुलेखा को इस तरह के जवाब देने के लिए टोकेगा किन्तु वह कुछ नहीं कह पाया था। औरतों में ऐसी दुर्बलता रहती ही है।

जुलेखा कमाल के बिजनेस में काफी मदद करने लगी थी। रुपये-पैसे का हिसाब वह समझने लगी थी। कमाल के संग वह एक ट्रेड फेयर में भी घूम आई।

एक दिन कमाल ने सुना, उमर और जुलेखा आपस में तुम-तुम कर बतिया रहे थे। हालाँकि उसके सामने उमर जुलेखा को भाभीजी और 'आप'

कहकर ही पुकारता। वे दोनों प्रायः हमउम्र थे, सहोदर भाई-बहन की तरह अक्सर उनमें रूठा-रूठी और झड़प होती रहती। 'तुम' सम्बोधन ही उनके लिए स्वाभाविक होता। शायद वे उसके समक्ष शरमाते हों। कमाल को लगा, और कुछ दिनों में ही लज्जा का यह आवरण हट जाएगा। वह खुद भी तो अभी तक उमर को 'तुम' नहीं कह पाता था।

फिर एक दिन कमाल ने सुना, उमर जुलेखा को आड़ में सिर्फ 'तुम' ही नहीं, लेखा कहकर पुकार रहा था।

जुलेखा को लोग जुली कहते, किन्तु उमर ने उसे एक भिन्न नाम दिया था, एक अपनत्व-भरा नाम। किन्तु कमाल के सामने वह उसे उस नाम से क्यों नहीं पुकारता? जुलेखा ने भी यह बात अब तक कमाल को क्यों नहीं बताई?

कमाल के मन में कुछ रिसने लगा था। घूम-फिरकर वही एक प्रश्न उसके दिल में चक्कर काटने लगता। वे देवर-भाभी मिलकर हँसी-मजाक का एक अलग रिश्ता कायम किए हुए थे, किन्तु कमाल को इससे अलग रखा था। पहले तो ऐसा नहीं था, पहले तो तीनों मिलकर हर खुशी बाँटते थे!

पहले उसे अभिमान हुआ, फिर गुस्सा आया। किसी और मामले में कमाल ने जुलेखा को झिड़क दिया। रुपये-पैसे के हिसाब में थोड़ी भी भूल-चूक हो तो कमाल जुलेखा को डाँटने-फटकारने लगा। जुलेखा विस्मित हुई, आहत हुई। किन्तु वह कुछ कम नहीं थी, कमाल कुछ कहता तो वह भी जवाब देने से नहीं चूकती।

दो ही दिनों के बाद कमाल की चेतना जागी। वह क्या जुलेखा पर सन्देह करने लगा है? उसके मन में क्या ईर्ष्या का उदय हुआ है? छीः यह तो ठीक नहीं। मनुष्य का सम्बन्ध तो विश्वास पर ही टिकता है। जुलेखा और वह तो आपस में प्रतिश्रुत हैं कि एक-दूसरे पर विश्वास करेंगे। जब समय होगा तब जुलेखा कमाल को अवश्य ही बताएगी। वह पहले से ही जुलेखा पर नाहक सन्देह करने लगा है।

एक दिन उमर ने कहा—कमाल साहब, एक बात पूछँ? आप क्या रुपये-पैसे के लिए कुछ परेशानी में हैं?

कमाल ने चौंककर कहा—नहीं तो! फिर कुछ हलके लहजे में पूछा—क्यों, आपके भोजन में कोई असुविधा हो रही है क्या? जुली शायद आपको ठीक से खिला नहीं रही है? आपको क्या चीजें पसन्द हैं?

नहीं, नहीं, भोजन की बात नहीं है, भोजन तो मुझे बहुत ही अच्छा मिलता है। आप टेलिफोन पर किसी से बातचीत कर रहे थे...सॉरी, मैंने ओवरहियर किया है, मैं उस समय कपबोर्ड में कोई चीज ढूँढ़ रहा था।

नहीं, वैसी गम्भीर कोई परेशानी नहीं।

आप कह रहे थे कि नगद रुपये के अभाव में आपका कोई जरूरी काम अटक गया है।

एक बैंक-ड्राफ्ट मिलने की बात थी, वह अभी नहीं मिला, इसीलिए। वह मिलते ही...

कब तक मिलने की उम्मीद है?

अगले हफ्ते जरूर मिल जाएगा।

कमाल साहब, अगर आप बुरा न मानें तो एक बात कहूँ?

हाँ, कहिए!

मेरे पास नौ सौ डालर हैं। साथ में रखे थे, अगर अचानक कभी जरूरत पड़ जाए। वह रुपये मैं आपको दे सकता हूँ।

अरे नहीं, क्या कह रहे हैं आप? आपका रुपया मैं क्यों लूँगा? नहीं-नहीं, ऐसी कोई जरूरत नहीं है।

आप कह रहे थे कि कैश रुपये के लिए आपका काम रुक रहा है। आप इस रुपये से अपना काम नहीं निकाल सकते? आपका बैंक ड्राफ्ट जब आ जाए तब आप लौटा दीजिएगा।

उमर साहब, रुपये आपने खास जरूरत के लिए रखे हैं, उन्हें अपने पास ही रहने दीजिए।

अभी तो वैसी कोई जरूरत नहीं है। आप कहते हैं कि मैं आपके छोटे भाई की तरह हूँ, फिर भी आप मुझसे इतनी-सी मदद नहीं ले सकते? मेरे साथ भी औपचारिकता निबाहते हैं?

इसके बाद ना नहीं किया जा सकता था। उमर की बातों से वह अभिभूत हो गया। इन दिनों कोई भी किसी की यूँ अपनी ओर से रुपये-पैसे से मदद नहीं करता। कमाल की टेलीफोन की बातें ओवर-हियर कर उमर उसकी मदद के लिए आगे आया था।

जुलेखा कहीं गई हुई थी। शाम को वह लौटी तो कमाल ने उसे सबकुछ बता दिया।

जुलेखा बोली—मैंने गौर किया है, उमर साहब मुझसे भी ज्यादा तुम्हें पसन्द करते हैं। तुम्हें वे सचमुच बहुत चाहते हैं। तुम जब नहीं रहते, वे मुझसे अक्सर कहते हैं—कमाल साहब जैसे व्यक्ति विरले ही होते हैं।

कमाल ने कहा—वे खुद अच्छे हैं, इसलिए औरों को भी अच्छा कहते हैं।

सुनो, उनके रुपये तुम अवश्य ही समय से लौटा देना।

एक सप्ताह में अगर मेरा बैंक ड्राफ्ट नहीं पहुँचा तो मैं अपनी गाड़ी बेचकर भी उनके रुपये लौटा दूँगा।

कमाल ने वादा-खिलाफी नहीं की। गाड़ी बेचने की नौबत नहीं आई, कहीं और से जुगाड़ कर उसने उमर के रुपये वापस कर दिए।

सामने ही उमर की एक परीक्षा थी। उसे रात जागकर पढ़ना पड़ता। खाने-पीने की ओर उसका खास ध्यान नहीं था। जुलेखा कहती, बिना खाए उमर दुबला होता जा रहा है। कमाल को ऐसा नहीं लगता था, फिर इस देश में लोग दुबला होना ही तो पसन्द करते हैं। कितने स्त्री-पुरुष तो जी-जान से कोशिशें करते हैं दुबले होने की।

खाने की मेज पर अक्सर जुलेखा उमर को ज्यादा खिलाने की कोशिश करती। उमर फिर भी हाथ खींच लेता। कमाल कभी-कभी कहता—अहा, इतना जबर्दस्ती नहीं करते जुली! वे जितना पसन्द करें, उतना खाएँगे अवश्य।

उमर दूध नहीं पीना चाहता था, यह सचमुच आश्चर्य की बात थी। इस देश में दूध बहुत बढ़िया था, सिर्फ पौष्टिक ही नहीं, स्वादिष्ट भी। कोई-कोई तो एक-एक लिटर दूध जब-तब ठंडा ही पी जाते। किन्तु उमर तो शराब

नहीं पीता था, फिर भी दूध को लेकर ही अक्सर उमर के साथ जुलेखा की कहा-सुनी होती।

एक दिन रात में लेटने के बाद जुलेखा बोली—जानते हो, आज भी उमर साहब ने दूध नहीं पिया। मैंने दिया था, वैसा ही छोड़ गए। रात के तीन-चार बजे तक जागकर पढ़ते हैं, ऐसे में तन्दुरुस्ती रहेगी? ठहरो, उन्हें मैं दूध पिलाऊँगी जरूर। मैं आ रही हूँ, तुम सो मत जाना!

जुलेखा दूध का बर्तन लेकर उमर के कमरे में चली गई।

कमाल को यह ठीक नहीं लगा। इतनी रात गए किसी पुरुष के बेडरूम में घुसकर उसे जबर्दस्ती दूध पिलाना जुलेखा की ज्यादती लगी कमाल को। फिर उसने सोचा, जुलेखा की कुछ आदतें अब भी बचकानी हैं, बहुत भोली और सरल है वह। क्या अच्छा है और क्या बुरा, इसकी भी उसे समझ नहीं है। धीरे-धीरे उसे समझाना पड़ेगा।

किन्तु उसके मन का क्षोभ मिटा नहीं। कुछ देर के बाद जब जुलेखा लौटकर हँसती हुई उमर को दूध पिलाने की बात बताने लगी तो उसे जरा भी अच्छा नहीं लगा। उसने रूखे स्वर में ही कहा—बत्ती बुझा दो!

इसके बाद से जुलेखा अक्सर रात में उमर को दूध पिलाने के लिए जाने लगी। डाइनिंग टेबल पर उमर दूध छोड़ जाता। कमरे में जब जुलेखा सोने के लिए पहुँचती तो उसे यह बात याद आती, और वह चल देती।

दिन-भर की दौड़-धूप के बाद बिस्तर पर पड़ते ही कमाल को नींद दबोच लेती। जुलेखा को लौटने में देर होती। कमाल जागकर इन्तजार नहीं कर पाता, उसे नींद आ जाती, फिर चौंककर जाग जाता। कितनी देर हुई है जुलेखा को गए, इसका भी उसे पता नहीं रहता। उस रात जुलेखा अब तक नहीं लौटी थी, बगल के कमरे से कोई बातचीत भी नहीं सुनाई पड़ रही थी, सबकुछ स्तब्ध था।

एकाएक बहुत तेज गुस्सा आया कमाल को। हद है इस नखरे की भी। इतनी देर से वह क्या कर रही है उमर के कमरे में? उसकी इच्छा हुई कि बगल के कमरे में पहुँचकर जुलेखा के झोंटे पकड़कर खींच लाए।

उसने जुलेखा का नाम लेकर पुकारा, कोई जवाब नहीं मिला।

कमाल फिर भी उठा नहीं। उसके तन-बदन में आग लग गई।

कुछ देर के बाद जब जुलेखा लौटी तो उसने रोष के साथ पूछा—इतनी देर तक क्या कर रही थी?

बालों के क्लिप खोलती हुई जुलेखा बोली—इतनी देर मतलब? अभी-अभी तो गई थी। वे दूध पिएँगे नहीं, मैं भी बिना पिलाए छोडूँगी नहीं। मैंने कह दिया है, रोज तीन गिलास दूध पीना ही पड़ेगा।

सुनो जुली, तुम बहुत ज्यादती कर रही हो! कोई सुनेगा तो क्या कहेगा?

क्या किया है मैंने?

रोज रात में किसी पुरुष के कमरे में जाना—बहुत इनडिसेंट लगता है। कोई और अगर सुने!

प्रस्फुटित गन्धराज की तरह मुँह फेरकर सरल आँखों से परिपूर्ण ढंग से कमाल को घूरती रही जुलेखा। फिर गहरे विस्मय के साथ बोली—उमर साहब हमारे घर के ही एक सदस्य की तरह हैं। उनके कमरे में जाना कोई अपराध है? और कोई सुने तो...और किसी को कौन बताएगा, तुम?

अनुताप से कमाल का गुस्सा पानी हो गया।

इस लड़की को वह गलत समझ रहा था? जुलेखा ने तो अविश्वास के लायक कुछ नहीं किया था। कमाल खुद ही समझौता तोड़ने जा रहा था। ऐसी ईर्ष्या उसके मन में आई कैसे?

बिस्तर पर पहुँचकर जुलेखा कमाल की बाँह पर सर रखकर बुझे स्वर में बोली—तुम अगर मना करो तो और नहीं जाऊँगी।

कमाल अपराधी की तरह बोला—नहीं, नहीं, मैं क्यों मना करूँगा? मैं कह रहा था, रात में उसकी पढ़ाई डिस्टर्ब करने के बजाय अगर उसे पहले ही दूध पिला सको...

कमाल ने कह तो दिया, किन्तु उसके मन का क्षोभ पूरी तरह दूर नहीं हुआ। अविश्वास नहीं, द्वेष नहीं, कुछ और ही अनुभव! इस घर के दो पुरुष-व्यक्तियों में जुलेखा अब उमर का ही अधिक खयाल रख रही थी। कमाल

भी अक्सर दूध पीना भूल जाता था, किन्तु जुलेखा तो कभी उसे दूध पीने के लिए जोर नहीं देती थी। माना उसे कोई इम्तहान नहीं देना था, किन्तु दिन-भर उसे भी तो बहुत मेहनत करनी पड़ती थी।

कुछ दिनों के बाद कमाल को पत्र मिला कि उसके माता-पिता आ रहे हैं।

पत्र पढ़कर जुलेखा बोली—उन्हें यहाँ आने के लिए यही समय मिला? उमर साहब की परीक्षा नजदीक आ गई है, इस समय अगर घर में लोगों की जमात हो तो परेशानी होगी...तुम उन्हें लिख दो न कि और कुछ दिनों के बाद आएँ!

कमाल कुछ गम्भीर होकर बोला—सुनो जुली, मेरे अम्मा-अब्बा मेरे यहाँ आना चाहते हैं, किसी और के लिए क्या मैं उन्हें मना कर सकता हूँ? उन्हें तो यह मालूम ही नहीं कि मेरे यहाँ कोई पेइंग-गेस्ट रहता है।

जुलेखा ने कहा—तो फिर कुछ दिनों के लिए मुझे ही मांट्रियल भेज दो।

क्यों?

क्यों क्या, कुछ दिन घूम ही आऊँ।

क्या पागलों की-सी बातें करती हो? तुम्हारे सास-ससुर उतनी दूर से आएँगे और उस समय तुम नहीं रहोगी?

मुझे यहाँ रहना अच्छा नहीं लग रहा है!

इतनी जिद न करो, तुम कोई बच्ची नहीं हो!

तुम आजकल अक्सर मुझे धमकाते रहते हो।

सॉरि! आइ एम सॉरि! नहीं, मैंने तुम्हें धमकाया नहीं, लेकिन तुम समझने की कोशिश क्यों नहीं करतीं—इस समय क्या तुम्हारा चले जाना ठीक होगा?

क्या ठीक होगा और क्या बेठीक, मैं नहीं समझती?

यथासमय कमाल के माता-पिता पहुँच गए।

पिता की काफी उम्र हो चुकी थी। कभी उन्होंने अथक परिश्रम से एक वृहद परिवार का प्रतिपालन किया था, काफी धन भी इकट्ठा किया था। अब वे एकान्त में चुपचाप पड़े रहना ही पसन्द करते थे। किसी बाहरी मामले में वे माथापच्ची नहीं करते थे।

कमाल की माँ एक संयुक्त परिवार का दायित्व सँभालती थीं। हर तरफ उन्हें सोच-विचारकर चलना पड़ता था, हर तरफ उनकी निगाह रहती थी। किसी का चेहरा देखकर ही वे उसके चरित्र के बारे में निष्कर्ष निकाल लेती थीं। पहली ही नजर में उन्होंने उमर को नापसन्द कर दिया।

उमर के व्यवहार में कोई खामी नहीं थी। वयस्कों के साथ वह विनयपूर्वक, सम्मानपूर्वक बातें करता। किन्तु इससे भी कमाल की माँ का मन नहीं पिघला।

पहले ही दिन शाम को माँ कमाल को अलग ले जाकर बोलीं—अरे, यह क्या किया तूने? घर में एक और जवान आदमी को जगह दे दी? वह तेरी गृहस्थी चौपट करके छोड़ेगा।

कमाल मन्द-मन्द मुस्कराता रहा। उसे मीना भाभी की याद आई। सभी महिलाओं का मन क्या एक जैसा होता है? वे स्त्री-पुरुष का एक ही सम्बन्ध देखती हैं?

माँ बोलीं—घी और आग कोई आसपास रखता है? बुद्धू कहीं के, मैं तो समझती थी कि तू यहाँ आकर और चौकस हो गया होगा!

कमाल हँस पड़ा। घी और आग...ठीक मीना भाभी की ही बातें।

तू खड़ा-खड़ा बेवकूफों की तरह हँस क्यों रहा है? मैं जो कह रही हूँ तुझे सुनाई नहीं पड़ रहा है क्या?

अम्मा, तुम्हें गलतफहमी हुई है, उमर बहुत अच्छा लड़का है। मेरी बहुत मदद करता है।

रहने भी दे! अच्छा लड़का...यह सब मैंने ढेर देखे हैं। ये सब आस्तीन के साँप हैं! मदद करता है...उस मदद की आड़ में ही तेरी गृहस्थी वह फूँक देगा!

अम्मा, कुछ दिन यहाँ रहो, उसे अच्छी तरह देख लो! बिना ठीक से देखे-भाले ऐसी कड़वी बातें क्यों बोल रही हो? किसी व्यक्ति पर क्या पहले से ही अविश्वास करना चाहिए?

मुझे ज्यादा देखने की जरूरत नहीं! तुम्हारी बीवी पर भी मुझे पूरा भरोसा नहीं। ढाका में जो घटने जा रहा था, उसे सोचते हुए अब भी मेरा दिल काँपता है।

ढाका में क्या घटने जा रहा था? क्या जुलेखा ने कुछ किया था?

किया नहीं तो क्या? मैं बार-बार अल्ला से दुआ माँगती थी—हे अल्ला, कोई कलंक न लगे! तुम जितने दिनों तक बहू को यहाँ ले नहीं आए, मैं चैन से सो नहीं पाई।

तुम क्या कह रही हो अम्मा? जुलेखा ने क्या किया था? तुमने तो मुझे कभी इसका आभास नहीं दिया? अभी कुछ दिन पहले भी मैं जब गया था...

सोचती थी, जो होना था सो हो गया, तुम्हें बताने की कभी जरूरत नहीं पड़ेगी। कहूँगी तो तुम्हें नाहक दुःख होगा। अब यहाँ आकर देखती हूँ कि एक और कम्बख्त जुट गया है!

जुलेखा ने वहाँ क्या किया था?

वह जो तुम्हारा दुलारा टाइगर है जिसे तुम सर पर उठाए नाचते फिरते हो, वह जब-तब घर पर आता था, उससे तुम्हारी बीवी की नोक-झोंक होती। दोनों बेहयाई पर उतर आते! मैंने टाइगर को डाँटा, तुम्हारी बीवी को डाँटा। पर कौन सुनता? लोग जान जाएँगे, इस डर से मैं ज्यादा चीख-पुकार भी नहीं कर सकती थी।

कमाल का सर चकराने लगा। टाइगर? जिस टाइगर को उसने घुटने के बल चलते देखा था, जिससे उसे बहुत प्यार था, जिसे कितनी ही चीजें दी हैं उसने, जो कमाल भाई-कमाल भाई की सदा रट लगाए रहता था, उसी ने उसके साथ बेवफाई की? क्या यह सम्भव है? जुलेखा ने कभी टाइगर का जिक्र नहीं किया। पहले-पहल वह यहाँ आकर रोती थी, वह क्या टाइगर के लिए? किन्तु जुलेखा ने तो पहले ही दिन कमाल से कहा था उसे जल्द ढाका से बोस्टन ले आने के लिए। यहाँ पहुँचकर तो उसने एक बार भी ढाका चलने का आग्रह नहीं किया।

तब?

कमाल विमूढ़-सा बोला—अम्मा, तुम यह सब क्या कह रही हो? यह हो ही नहीं सकता!

मैं क्या तुझसे झूठ बोल रही हूँ?

जुलेखा अच्छी लड़की है, तुमने खुद ही उसे पसन्द किया था।

देखने में तो अच्छी ही लगी थी। वह तो बाद में पता चला, उसकी माँ की शिक्षा अच्छी नहीं थी।

उसकी माँ में क्या अवगुण देखा तुमने?

अब यह सब बातें रहने दे। वहाँ जो कुछ हुआ था, वह तो दब ही गया है, अब तू इस बला को यहाँ से हटा!

दब गया है....मतलब? मैं सबकुछ सुनना चाहता हूँ।

सुन, बहू का शायद उतना कसूर नहीं था, टाइगर ने ही उसके पीछे पड़कर उससे हेल-मेल बढ़ाया था। उसके बाद तो दोनों में दिन-रात खुसुर-फुसुर होने लगी थी।

जुलेखा तो ढाका से यहाँ आने के लिए उतावली हो रही थी।

और कुछ दिन वहाँ रहती तो चारों ओर चर्चा न होने लगती! यहाँ आकर भी तो वह टाइगर को पत्र लिखती थी।

तुम्हें कैसे मालूम?

टाइगर खुद ही बताता था, और कैसे मालूम होता मुझे? उसे तो हया-शरम कुछ है नहीं, वह तो मोटरें खरीदता है और यही सब ऐयाशी करता फिरता है!

झूठ! सरासर झूठ!

इतने जोर से मत चीख, कमाल! मैं जो कहती हूँ, सुन। ढाका में जो हुआ था, हुआ था, वह सब अपने मन से निकाल फेंक। यहाँ तू सुख-चैन से रह सके तो उसमें हमें भी खुशी होगी। घर में दूध-केला देकर काला साँप मत पाल!

उमर में मैंने कोई बुराई नहीं देखी।

पिताजी के अचानक वहाँ आ जाने से यह आलोचना यहीं थम गई। कमाल घर से बाहर चला गया। उसके मन में उथल-पुथल होने लगी। उसके चेहरे का रंग उतर गया।

टाइगर? टाइगर ऐसा कर सकता है? उसे यकीन नहीं होता।

शादी के बाद जुलेखा कई महीने तक ढाका में थी। वह नियमित कमाल

को चिट्ठी लिखती थी। प्राय: हर चिट्ठी में कमाल से मिलने की व्याकुलता व्यक्त करती थी। क्या वह सब झूठ हो सकता है? नहीं!

क्या जुलेखा से इस बारे में कुछ पूछे? कमाल ने सोचा, अभी पूछना ठीक नहीं होगा। पहले अम्मा-अब्बा यहाँ से जाएँ। अभी सबकुछ सँभालते हुए, अति सूक्ष्म तार पर बैलेंस करते हुए कुछ दिन उसे चलना पड़ेगा। अभी किसी कीमत पर वह उमर अली को कमरा छोड़ने के लिए नहीं कह सकता। उमर निर्दोष है, उसके साथ यदि अम्मा बुरा व्यवहार करें तो वह बहुत ही अनुचित होगा। अम्मा पर बराबर निगाह रखनी पड़ेगी। उन्हें लेकर बाहर-बाहर ही घूमना पड़ेगा।

लगातार कई दिनों से कमाल देख रहा था, जुलेखा जैसे उसके अम्मा और अब्बा से दूर-दूर रहने की कोशिश करती है। लगता, जैसे उनसे उसे कोई सरोकार ही नहीं। मेहमाननवाजी न करती हो, सो बात नहीं थी, तरह-तरह के व्यंजन बनाती, किन्तु घर की बड़ी बहू ज्यों सास-ससुर का खयाल रखती है, जतन करती है, वैसी कोई बात उसमें नहीं थी। कभी वह पाँच मिनट भी उनके साथ बातचीत नहीं करती, हर बात का मुँहफट जवाब देती।

किन्तु उमर के साथ बातचीत करते वक्त उसका चेहरा खिल उठता। उसका कंठस्वर अत्यन्त अन्तरंग होता। यही उसका स्वाभाविक व्यवहार भी था। किन्तु कमाल समझ रहा था कि जुलेखा का यह व्यवहार अम्मा को नापसन्द था।

रात में सोते वक्त कमाल ने हलके स्वर में उससे कहा—सुनो, अभी कुछ दिन तुम उमर साहब के कमरे में उन्हें दूध पिलाने के लिए मत जाना!

जुलेखा तुनक पड़ी—क्यों? क्यों न जाऊँ? मेरी इच्छा होगी तो अवश्य जाऊँगी!

जुली, इस तरह क्यों बिगड़ती हो? अम्मा-अब्बा की उम्र का कुछ तो लिहाज करो। उनके सामने तो थोड़ा सँभलकर चलना चाहिए। वे ज्यादा दिन रुकेंगे भी नहीं।

क्या सँभलकर चलूँ? मैंने कौन-सी बदतमीजी की है?

नहीं, सो नहीं कहा मैंने। किन्तु मेरे अम्मा-अब्बा तुम्हारे लिए भी पूजनीय हैं, उनकी कुछ सेवा-टहल तुम करोगी, यह उम्मीद तो सभी करते हैं।

कौन-सी खामी रह गई है? घर की दासी की तरह हर काम तो मैं कर रही हूँ। तुम्हारी अम्मा तो झूठी थाली भी नहीं उठातीं!

अम्मा घूमने के लिए आई हैं, तो क्या वे ही चौका-बर्तन भी करें? उन्होंने कभी यह काम नहीं किया।

जानती हूँ, मुझे मुफ्त में नौकरानी रखे हो, मुझे ही यह सब करना होगा। कर भी तो रही हूँ।

कमाल का मिजाज कुछ गरम हो उठा। कई दिन से मन में जो बातें वह दबाए रखने की कोशिश कर रहा था, वही एकाएक जुबान पर आ गईं।

ढाका में टाइगर के साथ तुम्हारा क्या हुआ था?

किसके साथ?

टाइगर के साथ! तुम तो ऐसा जता रही हो जैसे उसे जानती तक नहीं? हमारे मकान के पास ही रहता है। मेरी एक दीदी का लड़का। तुमने मुझे कभी उसके बारे में कुछ बताया क्यों नहीं?

बताने लायक तो कुछ नहीं था।

शुरू-शुरू में यहाँ आकर तुम हमारे ढाका के घर के सभी लोगों के बारे में बताती थीं।

वह तो तुम्हारे घर का कोई नहीं है।

किन्तु वह जब-तब हमारे घर पहुँचता था, उसके साथ तुम्हारा मेल-जोल और प्यार हुआ था, यह तो तुमने मुझसे छिपाकर ही रखा। हम दोनों में यह समझौता हुआ था न कि हम अपनी सारी बातें एक-दूसरे को बताएँगे।

जब कहने लायक कुछ न हो तब भी कहना पड़ेगा? मुझे नहीं मालूम था कि तुम्हारा मन इतना नीच...। तुम इस तरह मुझ पर शक करोगे।

यहाँ आकर भी तुमने टाइगर को चिट्ठियाँ नहीं लिखीं?

नहीं।

अम्मा कह रही थीं।

झूठ।

सुनो जुली, मैं अपनी अम्मा को अच्छी तरह जानता हूँ। वे तुम लोगों का मेल-जोल नापसन्द कर सकती हैं, इसके लिए भला-बुरा कुछ भी सोच सकती हैं, किन्तु वे झूठमूठ का मनगढ़ंत कुछ भी नहीं कहेंगी। चिट्ठी लिखने की बात वे झूठमूठ क्यों बोलेंगी?

तुम्हारी अम्मा क्या सोचकर क्या कहेंगी यह वे ही जानें, मुझे यह सब नहीं मालूम।

कमाल आईने के सामने बढ़कर जुलेखा का एक हाथ अपने हाथों में लेकर आहत स्वर में बोला—जुली, तुम मुझसे इस तरह क्यों बात कर रही हो?

जुलेखा दाँत पीसकर बोली—अब तुम मुझे मारोगे न! मारो! जब तुम इतने नीचे उतर सके हो, तब तुम सबकुछ कर सकते हो।

कमाल स्तम्भित रह गया। जुलेखा उसके बारे में ऐसा भी कह सकती है? यही जुलेखा, जिसके लिए उसके दिल में प्यार एक पिंड की तरह बसा हुआ है, ऐसा प्यार जो किसी जीवन्त वस्तु की तरह उसके दिल में मचलता रहता है।

जुलेखा इतनी निष्ठुर बात जबान पर ला सकी? वह जुलेखा पर हाथ उठाएगा?

कमाल का कंठ रुँध गया। वह कुछ बोल नहीं पा रहा था। कुछ देर की नीरवता के बाद उसने फर्श की ओर देखते हुए कहा—नहीं, मैं तुम पर हाथ नहीं उठाऊँगा। तुम्हें कुछ भी नहीं कहूँगा। बस, जब तक तुम सच-सच नहीं कहोगी, तब तक तुम्हारे साथ मेरा पति-पत्नी का सम्बन्ध नहीं रहेगा। तुम्हें जिस चीज की जरूरत होगी, माँग लोगी।

बिस्तर पर बीच में एक तकिया रख दिया कमाल ने, ताकि जुलेखा के साथ उसके शरीर का स्पर्श न हो! फिर वह दूसरी ओर मुँह फेरकर लेट गया। उसकी आँखें द्रवित थीं, वह जुलेखा को यह दिखाना नहीं चाहता था।

इसी तरह कुछ दिन बीत गए।

दिन-भर शुष्क बातें होतीं काम के बारे में। फिर रात आती और एक

ही बिस्तर पर दो अजनबियों की तरह लेट जाते दोनों, विपरीत दिशाओं में चेहरे टिकाकर।

कमाल मन-ही-मन बहुत बुझ गया था। जुली के अलावा उसकी दुनिया में और कुछ भी नहीं था। कैसे वह जुली को दूर हटाकर रखे? इतने पास थी जुली, पर उसे वह स्पर्श भी नहीं कर सकता। शरीर स्पर्श करने से पहले उसके मन को अच्छी तरह समझना जरूरी था।

इस दूरी को पाटने की कोशिश वह करता, पर नाकामयाब हो जाता।

कभी-कभी वह जुलेखा को मनाने की कोशिश भी करता। फुसफुसाकर दो-तीन बार पुकारता—जुली, जुली!

जुलेखा कोई जवाब नहीं देती।

जुली, सच-सच बता दोगी तो मैं बुरा नहीं मानूँगा। टाइगर के साथ अगर तुम्हें इश्क हुआ भी था तो भी उससे कोई फर्क नहीं पड़ता। मैंने सिर्फ यही चाहा था कि तुम मुझे सबकुछ साफ-साफ बता दोगी। हमारे बीच ऐसा ही समझौता था या नहीं?

कोई जवाब नहीं।

तुमने यहाँ आकर भी टाइगर को खत नहीं लिखे?

कोई जवाब नहीं।

जुली, तुम्हें तो मालूम है, मैं तुमसे कितना प्यार करता हूँ! तुम...क्यों तुम मुझे इतनी तकलीफ देती हो?

कोई जवाब नहीं।

6

शरद् ऋतु में इस देश में बहुत-से पेड़ों के पत्ते सुर्ख हो जाते हैं। उस समय यहाँ प्राकृतिक छटा देखते ही बनती है। उसके बाद ही पतझर का मौसम आता है। शरद् काल की शाम भी लम्बी होती है, आकाश से प्रकाश हटते-हटते नौ-दस बज जाते हैं।

शरद की शाम कोई घर बैठे नहीं गुजारता।

शनिवार को कमाल सबको लेकर पार्क में घूमने गया। बहुत विशाल था वह उद्यान, भाँति-भाँति के पेड़, एक ओर एक बड़ी झील। उस झील में राजहंस और हंसिनी तैरते रहते। चारों ओर हर तरह के युवक-युवतियों की भीड़ लगी रहती।

कमाल के माता-पिता के साथ जुलेखा भी आई थी। उमर से कहा गया था, पर वह नहीं आया। सिराजुल और बेबी भी साथ में आए थे। वे भाग-दौड़ मचा रहे थे, कमाल भी उनके साथ मस्त हो रहा था।

साँझ होने पर नमाज का वक्त होते ही कमाल के पिता एक निर्जन जगह देखकर नमाज अदा करने बैठे।

माँ ने पूछा—जुलेखा कहाँ गई?

सच, जुलेखा तो कुछ देर से दिखाई नहीं पड़ रही थी। कहाँ गई वह?

कमाल बोला—मैं देखकर आता हूँ।

पार्क में काफी भीड़ थी, किसी को ढूँढ़ निकालना मुश्किल काम था। साड़ी में लिपटी कोई महिला दिखाई देती तो कमाल उधर ही दौड़ता, किन्तु निराशा हाथ लगती। यहाँ भारतीय-पाकिस्तानी-बांग्लादेशी यानी कुल मिलाकर साड़ी पहननेवाली महिलाओं की संख्या कुछ कम नहीं थी।

जुलेखा क्या अचानक भीड़ में कहीं भटक गई या जानबूझकर अलग हो गई? कमाल ने गौर किया था कि साथ घूमने के लिए निकलकर भी जुलेखा ने किसी के साथ कोई बात नहीं की थी। माँ प्राय: रोजाना ही पुत्रवधू के खिलाफ कुछ-न-कुछ शिकायतें करतीं। कमाल को यह सब असह्य होने लगा था। अब उसे अक्सर लगता कि अम्मा-अब्बा चले जाएँ तो उसे शान्ति मिले!

लगभग दस मिनट तक ढूँढ़ते रहने के बाद उसने एक जगह एक झूले पर जुलेखा को अकेले बैठे पाया। वह हौले-हौले झूल रही थी। पेड़ के झुटपुटे से रोशनी उसके चेहरे पर पड़ रही थी। बहुत खूबसूरत लग रही थी वह, मानो वह इस धरती की ही न हो।

जुलेखा की आँखें शून्य में टिकी थीं। वहाँ बैठी रहने के बावजूद उसका मन कहीं दूर भटका हुआ था। मन-ही-मन जैसे वह कुछ बुदबुदा रही थी।

कुछ दूरी पर खड़ा कमाल मुग्ध-सा उसे घूरता रहा, कुछ देर तक। नहीं, आलतू-फालतू सभी बातें वह अपने दिमाग से निकाल देगा। जुलेखा उसकी अपनी है, उसे वह किसी भी तरह दु:खी नहीं कर सकता। जुलेखा ने एक दिन कहा था न, जो बहुत अधिक अपना होता है, उसी को खोने का डर रहता है।

झूले पर बैठी जुलेखा झूल रही थी, कमाल को उसने देखा नहीं। किस गम्भीर सोच में मग्न थी वह?

कमाल ने उसाँस छोड़ी। इतनी खूबसूरत, किन्तु इतनी दूर!

उसके समीप पहुँचकर कमाल ने हौले से पुकारा—जुली!

दो-तीन बार पुकारने के बाद जुलेखा ने चेहरा घुमाकर उसे देखा। उस दृष्टि में कोई आग्रह नहीं था।

तुम यहाँ बैठी हो?

मुझे यहीं अच्छा लग रहा है।

अब्बा-अम्मा तुम्हें ढूँढ़ रहे थे। उन्होंने समझा कि तुम शायद भटक गई हो।

कहाँ और भटकती!

सुनो जुली, अम्मा-अब्बा तो अब अधिक दिनों तक यहाँ रहेंगे नहीं। कुछ ही दिनों की बात है, तब तक के लिए तुम उनसे समझौता नहीं कर सकतीं?

मैंने गलत कुछ किया है क्या?

खैर, जाने दो। तुम्हें और कुछ नहीं कहूँगा। तुम जैसी हो, वैसी ही रहो। जुली, तुम्हारे करीब बैठ सकता हूँ?

जुलेखा तुरन्त झूले पर से उतरकर एक ओर बढ़ गई।

कमाल का दिल तेजी से मचल उठा। जुलेखा के बोस्टन पहुँचने के बाद एक दिन वे दोनों इसी पार्क में आए थे एक साथ। ऐसे ही झूले पर दोनों बैठे थे। जुलेखा की उस दिन की मुस्कराहट वह अब भी महसूस कर रहा था।

उस रात भोजनोपरान्त कमाल उमरअली को बैठक में बुलाकर ले गया। उससे उसने सविनय अनुरोध किया—उमर साहब, आप मेरा एक उपकार करेंगे? आप जुलेखा को थोड़ा समझाइए न, मेरे अम्मा-अब्बा जब तक यहाँ रहें तब तक उनसे समझौता करके ये दिन गुजार ले। उनकी उम्र ढल रही है, बेमतलब वे मन में दुःख लेकर लौट जाएँ यह तो ठीक नहीं लगता। ऐसे भी जुलेखा इतनी अच्छी है।

उमर अचम्भे से बोला—यह बात आप मुझे क्यों कह रहे हैं? आप खुद ही तो उनसे कह सकते हैं।

कमाल ने दीनता से कहा—मेरी बात वह सुन ही नहीं रही है! न जाने क्या हो गया है उसे। आपसे उसकी बहुत पटती है, आपकी बात वह मान लेगी।

आप उनके पति हैं, आपकी बात वे न मानें तो मेरी बात क्यों मानेंगी

भला? फिर, मैं तो देखता हूँ कि भाभी उनकी बहुत खातिरदारी कर रही हैं, जितनी करनी चाहिए।

हाँ, सो तो कर रही है। किन्तु उस करने में कहीं प्राण नहीं है। जैसे कर्तव्य निभा रही हो। ढंग से बात तक नहीं करती।

क्या पता, मुझे तो ऐसा नहीं लगता।

आप थोड़ा समझा देते तो...

अजीब बात करते हैं आप, कमाल साहब! इसमें मेरी भूमिका कहाँ है, यह मेरी समझ में नहीं आता, मैं एक बाहरी व्यक्ति हूँ।

आप हमारे परिवार के ही एक सदस्य हैं। मैंने अम्मा से कहा है, आप जैसे इनसान विरले होते हैं। आप मेरे अनुज जैसे हैं।

मैं भाभी से यह सब कहूँ तो वे नाराज नहीं होंगी? यह तो जबर्दस्ती उपदेश देने जैसा लगेगा।

नहीं, नहीं, वह आपकी किसी बात से नाराज नहीं होगी। आपको वह बहुत मानती है।

कमाल बार-बार एक ही बात दुहराता रहा। उमर पढ़ने का बहाना बनाकर वहाँ से उठना चाह रहा था। पर कमाल उसे छोड़ता ही नहीं था। लगता था कि उमर से बात करते रहने की उस पर धुन सवार हो गई थी। बार-बार वह पूछता—अच्छा उमर साहब, आप तो इतने नजदीक से हमें देखते रहे हैं, मैंने क्या कभी जुली के साथ कोई अन्याय किया है? उसकी किसी इच्छा में बाधा दी है?

उमर चौकस व्यक्ति था। वह कोई स्पष्ट मतामत व्यक्त नहीं करता, कायदे से सीधा जवाब भी टाल जाता।

जुलेखा दो-एक बार दरवाजे के पास आकर रुकी, अन्दर नहीं आई। कमाल जो उमर की बाँह थामे था, उधर उसकी तीक्ष्ण निगाह थी। लगता था उसे यह सब अच्छा नहीं लग रहा था।

काफी रात गए उमर वहाँ से उठा, एक तरह से जबरदस्ती। कमाल अपने शयन-कक्ष में चला गया।

जुली लेटी हुई थी, परले सिरे पर। बीच में एक तकिया रखा था। वह सो गई थी या नहीं, पता नहीं चला।

कमाल की इच्छा हुई कि जुली को आलिंगन में बाँध ले, उससे क्षमा माँगे। इस तरह रातें बिताना उसे असह्य लगने लगा था। वह जुली से कहना चाहता था—मैं सारी पुरानी बातें भूल जाऊँगा, अम्मा-अब्बा को कनाडा भेज दूँगा। चलो, हम पहले की तरह आनन्द से रहें।

किन्तु वह जुलेखा को स्पर्श नहीं कर सका। उसने प्रतिज्ञा की थी कि जुलेखा जब तक सच-सच न बता दे, वह उसे स्पर्श नहीं करेगा। उनके बीच यही समझौता हुआ था कि वे आपस में एक-दूसरे का सत्य बाँट लेंगे। कमाल ने तो कभी कुछ नहीं छिपाया। घर के बाहर जब भी जो भी घटनाएँ होतीं, वह लौटकर सबकुछ जुलेखा को बता देता।

उसने कोमल स्वर में पुकारा—जुली! जुली!

कोई उत्तर नहीं।

कमाल ने फिर कहा—जुली, मुझसे जो भी भूल-चूक हुई हो, सबके लिए मैं तुमसे क्षमा माँगता हूँ। अब तुम भी कुछ कहो।

जुली फिर भी निरुत्तर रही। शायद वह वाकई सो गई थी।

कमाल लेटे-लेटे छटपटाता रहा। उसे नींद नहीं आ रही थी। सोने के मामले में कभी उसके साथ ऐसी कोई समस्या नहीं रही, किन्तु इधर कुछ दिनों से उसकी नींद गायब हो गई थी।

रात के तीसरे पहर उसे नींद लग गई। गाढ़ी नींद। उसके बाद ही एक नाटकीय घटना घटी।

सुबह सभी उठ गए थे, सिर्फ कमाल सो रहा था। जुलेखा रसोई में जाकर नाश्ता तैयार कर रही थी। कमाल के पिता नमाज अदा कर रहे थे। माँ भोजन की मेज साफ कर रही थीं। उमर एक प्याली कॉफी लेकर बाहर निकला, चिट्ठी का बक्सा देखने के लिए।

जुलेखा रसोई से एक-एक सामान लाकर भोजन की मेज पर रख रही थी। उसकी ओर देखकर माँ को कुछ खटका। कैसी तो झूम-झूमकर चल रही

थी जुलेखा। उसकी आँखें भी स्वाभाविक नहीं थीं।

माँ ने पूछा—बहू, क्या हुआ है तुम्हें? तबीयत कुछ नाशाद है क्या?

जुलेखा ने सर हिलाकर जताया—नहीं।

किन्तु उसके बाद ही प्लेट में टोस्ट लाते वक्त कई टोस्ट फर्श पर लुढ़क गए। जुलेखा एकटक फर्श की ओर देखती रही। जैसे वह समझ नहीं पा रही हो कि क्या हो गया था।

ओ बहू! क्या हो गया तुम्हें?

जुलेखा ने कोई जवाब नहीं दिया। किसी तरह उसने प्लेट मेज पर रखी और फर्श पर लुढ़क गई।

माँ घबराकर चीख पड़ी—हाय, यह क्या हुआ? अरे ओ कमाल! जल्दी आ, देख, बहू कैसा तो कर रही है। बहू? ओ बहू? यह क्या हो गया तुम्हें?

पहले वहाँ भागता हुआ उमर आया। पास पहुँचकर झुकता हुआ बोला—भाभी, भाभी, क्या हुआ आपको? तबीयत खराब है क्या?

जुलेखा ने सर उठाया। उसकी आँखें निस्तेज थीं, जिन्हें वह ठीक से खोल भी नहीं पा रही थी। उसने अस्फुट स्वर में कहा—मैंने जहर खाया है। बहुत-सी नींद की गोलियाँ एक साथ खा गई।

उसके बाद वह फिर फर्श पर ढेर हो गई।

इधर जुलेखा मर रही थी और उधर कमाल अभी तक सो रहा था। दो-तीन लोगों ने उसे झकझोरकर उठाया। जुलेखा को उसने फर्श पर पड़ी देखा तो हक्का-बक्का हो गया, उसके मुँह से बोल नहीं फूट रहे थे। उसका सर चकरा गया था, आँखों के सामने अँधेरा छाने लगा था। वह कुछ भी नहीं सोच पा रहा था। जुलेखा नहीं है? फिर वह भी जीकर क्या करेगा?

माँ बोली—ओ कमाल, तू चुप क्यों है? बहू को ऐसा क्यों हुआ? कुछ तो कर?

कमाल फिर भी कुछ कह नहीं पा रहा था। कुछ करना होगा? क्या? पुलिस को सूचना दे? डॉक्टर? जुलेखा अगर न रही तो वह कुछ भी नहीं करेगा, पहले खुद को खत्म कर देगा!

उमर ने डाँटकर कहा—कमाल साहब, आप क्या पागल हो गए? जल्द भाभी का सिरहाना थामिए, तुरन्त अस्पताल ले चलना होगा।

कमाल ने जुलेखा को गोद में उठाकर गाड़ी में लिटाया, और भयंकर तेजी से गाड़ी चलाकर अस्पताल जा पहुँचा।

इमरजेंसी वार्ड में पहुँचकर जुलेखा ने फिर एक बार आँखें खोलीं किसी तरह। अभी वह बेहोश नहीं हुई थी।

डाक्टर ने उसके गाल थपथपाकर पूछा—ह्वाट हैपेंड? यंग लेडी, तुमने क्या खाया है? क्यों खाया है?

जुलेखा गम्भीर विषाद के स्वर में बोली—माई हसबैंड इज नाट नीड मी एनि मोर। आइ वांट टु डाई!

उसके बाद ही वह मूर्च्छित हो गई।

जुलेखा को अन्दर ले जाया गया। कमाल और उमर बाहर पोर्टिको में इन्तजार करते रहे। कमाल ने दतौन नहीं किया था, पोशाक तक नहीं बदल पाया था। अब भी जैसे उसकी समझ में कुछ नहीं आ रहा था। उसकी दुनिया एकदम अस्त-व्यस्त हो गई थी।

एकाएक उमर हिंस्र हो उठा। बोला—कमाल भाई, भाभी को अगर कुछ हो गया तो मैं आपको खत्म कर दूँगा!

कमाल चौंक पड़ा। इस लहजे में उमर ने पहले कभी कोई बात नहीं की थी। उमर की पैनी निगाह कमाल पर टिकी थी। उमर अपनी भाभी को बहुत चाहता था, कमाल की तरह वह भी विचलित हो गया होगा, कमाल को ऐसा ही लगा। वह बोला—आप मुझे डाँट रहे हैं, मैंने क्या किया है?

उमर बोला—सारा दोष तो आपका ही है। आपने भाभीजी को मैंटली टार्चर किया है। पिछले दिनों में आपने उसके साथ पति जैसा व्यवहार नहीं किया, आप अपनी माँ की बात सुनकर उस पर शक करते थे।

कमाल रुआँसा होकर बोला, जुलेखा क्या बचेगी नहीं? तब मैं क्या करूँगा?

उमर बोला, एक बात जान लीजिए, अगर भाभी को कुछ हो गया,

उस समय हजारों मील दूर भी रहूँ तो भी भागकर आऊँगा। तब मैं आपको छोड़ूँगा नहीं।

आप सिर्फ मुझे ही कसूरवार ठहरा रहे हैं?

हाँ।

कमाल ने अपनी हथेलियों से चेहरा ढाँप लिया।

दो दिन बाद जुलेखा को अस्पताल से छुट्टी दे दी गई। वहाँ से वह सीधे अपनी माँ के पास मांट्रियल चली गई सेहत सुधारने के लिए।

जुलेखा की माँ ने कमाल को आड़े हाथों लिया। उनकी बेटी की सेहत बिगड़ गई है। कमाल ने ही उस पर अत्याचार करते-करते उसे उस हालत में पहुँचा दिया है। और कुछ देर हो जाती तो वह मर ही जाती! बच गई, किन्तु उसका 'नर्वस-ब्रेकडाउन' हो गया था। कमाल के माता-पिता भी कैसे लोग हैं? उनके पास दौलत है तो है, इससे क्या वे औरों को कुछ समझेंगे ही नहीं?

हर व्यक्ति कमाल को ही दोषी ठहरा रहा था।

कुछ ही दिनों में जुली का स्वास्थ्य ठीक हो गया। किन्तु वह अब बोस्टन नहीं लौटना चाहती थी। उसका स्वभाव बिलकुल बदल गया था। पहले वह नर्म स्वभाव की थी, मीठी आवाज में बातें करती थी। अब उसका स्वभाव उग्र हो गया था, उसकी बातचीत भी कर्कश हो गई थी।

कमाल नियमित बोस्टन से मांट्रियल आवाजाही करता। किन्तु जुलेखा उससे बोलना तक नहीं चाहती थी। उससे आमना-सामना होता तो वह खरी-खोटी सुनाती। कमाल कातर होकर कहता—जुली, तुम सिर्फ एक बार लौट चलो। तुम जैसा चाहोगी, वैसा ही होगा। लोग अफवाहें उड़ा रहे हैं। मेरे अब्बा-अम्मा घूमने के लिए चले गए हैं, तुम्हें कोई तकलीफ नहीं होगी।

जुलेखा बोली—नहीं, मैं अभी किसी सूरत से नहीं जाऊँगी, मैं यहाँ पढ़ूँगी। कालेज में दाखिला लूँगी। तुम मुझे रुपये भेजोगे। मेरे कपड़े-लत्ते, मेरे विंटर क्लोद्स यहाँ पहुँचा दोगे।

तुम पढ़ोगी? ठीक है, बोस्टन में ही पढ़ो! मैं सारी व्यवस्था कर दूँगा।

फालतू बात। मैंने पहले भी बहुत बार कहा था, पर तुमने कुछ नहीं किया।

पहले रुपये-पैसे की कुछ असुविधा थी, यह तो तुम जानती ही हो। अब कोई असुविधा नहीं है।

मैं यह सब नहीं सुनना चाहती। तुम रुपये न दो, तो मैं नौकरी कर लूँगी, साथ ही पढ़ूँगी भी, यहीं रहकर, तुम मेरे सभी कपड़े-लत्ते यहाँ पहुँचा दो!

तुम चलो, खुद ही छाँट लेना तुम्हें जो-जो कपड़े चाहिए।

मेरे जाने की तो जरूरत नहीं है। तुम्हें तो मालूम है कि मेरी साड़ियाँ कहाँ रखी हैं। वार्ड-रोब में मेरा कोट, रेनकोट भी है, सब ले आना।

फिर भी तुम एक बार के लिए नहीं चल सकतीं? किसी वीक-एंड पर तुम्हें मोटर या बस से चलने की जरूरत नहीं, मैं प्लेन से ले जाऊँगा, फिर यहाँ पहुँचा भी दूँगा।

तुमसे तो मैंने कई बार कहा है कि मैं अभी जाऊँगी नहीं। तुमसे ज्यादा बातचीत करने की मेरी भी इच्छा नहीं होती। तुम मेरे कपड़े पहुँचा सकोगे या नहीं सो कहो।

बेसहारे की तरह कमाल ने जुलेखा की माँ से मदद माँगी तो वे बोलीं—मैं क्या करूँ? तुम लोगों का आपसी मामला है। बेटी का ब्याह कर दिया था, अब अपना भला-बुरा वह खुद ही समझ लेगी। वह अगर जाना नहीं चाहती तो क्या मैं उसे जबर्दस्ती भेज सकूँगी? तुमने अन्याय किया है, उसका फल तो तुम्हें भुगतना ही पड़ेगा।

मैंने क्या अन्याय किया है?

ये सब बातें बाद में होंगी। काफी अबेर हो गई है, तुम क्या यहीं खाना खाओगे?

इससे पहले कि कमाल कोई जवाब देता, जुलेखा चीख पड़ी—नहीं, वह यहाँ खाना नहीं खाएगा। उसे अगर यहाँ खाने को दिया गया तो मैं कुछ भी नहीं खाऊँगी? अगर वह यहाँ रहा तो मैं यह घर भी छोड़कर चली जाऊँगी।

उसके बाद हिस्टीरिया के रोगी की तरह वह चीखती रही—उसे जाने के लिए कह दो! उसे जाने के लिए कह दो!

7

जुलेखा का हिस्टीरिया बढ़ता ही गया। और समय वह ठीक रहती, सबसे अच्छा व्यवहार करती, सिर्फ कमाल का नाम सुनते ही तिलमिला जाती। कमाल टेलिफोन करता तो वह सशब्द रिसीवर पटक देती। कमाल उसके घर पहुँचता तो वह उससे मिलने से कतराती, और मिलती भी तो आपे से बाहर हो जाती।

कमाल को महसूस हुआ कि जुलेखा का ठीक से इलाज कराना जरूरी है। किसी मानसिक रोग से वह अवश्य ग्रस्त है। इस देश में ऐसी हालत में हर व्यक्ति मनश्चिकित्सक के पास दौड़ता है।

कमाल ने एक दिन जुलेखा की माँ से अनुरोध किया कि वे जुलेखा को एक बार मनोरोग-विशेषज्ञ के पास ले जाएँ। जुलेखा की राय पूछकर उन्होंने बताया कि कमाल अगर चिकित्सक की फीस दे तो जुलेखा को साइकिएट्रिस्ट के पास जाने में आपत्ति नहीं है। किन्तु वह अलग से जाएगी, कमाल अलग जाएगा।

फिर ऐसा ही हुआ। पहले एक दिन जुलेखा गई मनश्चिकित्सक के पास, अगले दिन कमाल गया।

कमाल पर जैसे चिकित्सक ने हमला ही बोल दिया। उसकी बीवी की अनेक समस्याएँ हैं। उसके मन पर भारी दबाव पड़ा है। वह दुबारा आत्महत्या करने की कोशिश कर सकती है। इसके लिए लम्बे समय तक इलाज कराना पड़ेगा, कम-से-कम एक साल तक नियमित दिखाना पड़ेगा।

चिकित्सक ने दया-परवश होकर बताया कि इस चिकित्सा में काफी खर्च है। किन्तु चूँकि उन्होंने पहले कभी कोई ओरिएंटल रोगी नहीं देखा था, और प्राच्य लोगों के मनस्तत्व पर उनका व्यक्तिगत आग्रह था, इसलिए वे सिर्फ साढ़े तीन हजार डॉलर लेकर यह इलाज कर सकते हैं।

कमाल इस रुपये का इन्तजाम करने को राजी था, किन्तु सभी परिचितों ने उसे निरुत्साहित किया। किसी-किसी ने तो उसे बेवकूफ कहकर उसका मजाक भी उड़ाया। वे कहते—यह सब अमीरों के मर्ज हैं। हमारे देश में ऐसे मामले लेकर कोई डाक्टर के पास जाता है? पति-पत्नी का झगड़ा, कुछ दिन बीतते ही अपने आप सुलह हो जाएगी। कमाल कुछ सख्ती बरते तो सब ठीक हो जाए।

किन्तु सख्ती बरतना कमाल की फितरत में नहीं था।

जुलेखा की माँ भी बोली—उस चिकित्सा की कोई जरूरत नहीं है। कमाल बल्कि कुछ दिन तक दूर ही रहे। पहले बेटी का मिजाज ठंडा हो।

सप्ताह-दर-सप्ताह पार होकर माह के बाद माह बीतते गए। जुलेखा दिन-ब-दिन उसके प्रति और भी असहज होती गई। उसने मांट्रियल में पढ़ाई शुरू कर दी थी, बोस्टन वह जाएगी नहीं।

कमाल के माता-पिता अन्यत्र सैर में निकल गए थे। घर पर अब सिर्फ वह और उमर रह गए थे। किन्तु उमर से उसकी बहुत कम मुलाकात होती। कमाल जब घर लौटता तब उमर वहाँ नहीं रहता था।

बोस्टन के परिचित लोगों में यह बात फैल गई थी कि कमाल की बीवी रूठकर चली गई है। कमाल अपनी बीवी को सँभाल नहीं पाया। उसकी पत्नी खुदकुशी क्यों करना चाहती थी? जरूर भीतर-ही-भीतर दाल में कुछ काला है।

उसके पीठ पीछे बहुत-से लोग उस पर हँसते।

जिनके साथ उसकी अन्तरंगता थी, उनके पास कमाल सहारा ढूँढ़ता। मीना भाभी, मीता, उमर...ये लोग क्या जुलेखा को समझा नहीं सकते? इनकी बातें तो जुलेखा मानती थी।

मीना भाभी ने एक दिन कमाल को बहुत डाँटा। उन्होंने कहा—कमाल, मैंने तो शुरू में ही तुमसे कहा था कि घर में दूसरा आदमी मत रखो, इससे झमेला होगा।

लेकिन भाभी, उमर साहब ने तो कोई झमेला नहीं किया। उन्होंने तो हमेशा हमारी मदद ही की है। जुलेखा जिस दिन आत्महत्या की कोशिश में नींद की गोलियाँ निगल गई थी उस दिन देखा जाए तो उमर साहब ने ही जुलेखा को बचाया था। वे उस वक्त मेरी बगल में न होते, सारी व्यवस्था न करते, तो पता नहीं मैं क्या करता! मेरे तो हाथ-पाँव ठंडे पड़ने लगे थे।

यह आत्महत्यावाली बात मैं बिलकुल नहीं मानती। सुनो कमाल, तुमसे पहले कभी मैं बोली तो नहीं, किन्तु जुलेखा शुरू से ही मुझे पसन्द नहीं थी... उसका वह ढोंगी स्वभाव, दूसरे पुरुषों की ओर आँखें फाड़े घूरते रहना मुझे कभी अच्छा नहीं लगा। तुम उसे भूल जाओ।

नहीं भाभी! यह आप क्या कह रही हैं? जुलेखा को आपने गलत समझा है। वह अच्छी लड़की है। वाकई बहुत अच्छी है! उसे भूल पाना मेरे लिए असम्भव है।

सुना कि उसने एक दिन तुम्हें अपनी माँ के घर से निकाल दिया था?

वह तो गुस्से में...

कमाल, क्या तुम्हें गुस्सा नहीं आता?

मेरे गुस्सा करने से तो कोई फायदा होने का नहीं। जो कुछ हुआ वह तो गलतफहमी के ही कारण। जुलेखा मुझसे प्यार करती है। मैं उससे प्यार करता हूँ। बीच में सम्प्रेषण में एक दरार पड़ गई थी। इसीलिए तो आपसे कह रहा हूँ, आप अगर जुलेखा को समझाकर कहतीं।

यह दायित्व मुझ पर मत डालो। मेरी बात वह सुनेगी क्यों? तुमसे जब

मैंने कहा था कि उमर को अपने घर पर मत रखो, तब तुमने मेरी बात सुनी थी?

मैं तो उमर साहब में कोई बुराई नहीं देखता। वह अच्छा विद्यार्थी है, पढ़ाई में व्यस्त रहता है, फिर वह विवाहित भी है। शुरू से ही कोई कैसे उस पर अविश्वास करता?

अहा-हा? क्या बात कहते हो तुम भी! अच्छा विद्यार्थी होने पर ही क्या उसे सर पर उठा लेना होगा? विवाहित लोग क्या व्यभिचारी नहीं होते? कितनों को तो देख चुकी। कमाल, मैं जानती थी कि तुम्हारा मन सरल है, किन्तु तुम इतने अन्धे हो, यह नहीं जानती थी।

मैं किसी पर अविश्वास नहीं करता। किसी पर विश्वास करना क्या अन्याय है?

तुमसे किसने कह दिया कि उमर शादीशुदा है? उसने खुद कहा था कभी?

नहीं, उसने तो नहीं कहा। जिस दिन उससे परिचय हुआ, महमदुल या विश्वजित में से किसी ने कहा था। हालाँकि उमर ने इतने दिनों में कभी भी अपने घर-परिवार का जिक्र नहीं किया, यह बात मुझे कभी-कभी खटकती जरूर थी। मैं सोचता था, वे बातें यूँ भी कम ही करते हैं, शायद अपने निजी मामलों को लेकर आलोचना नहीं करना चाहते।

कमाल, तुम अजीब हो! अजीब हो तुम!

शादीशुदा न भी हो तो क्या? जुलेखा को वह भाभी मानकर श्रद्धा करता था।

अब वह जुलेखा से ही शादी करेगा। यही उसकी योजना थी...

यह आप क्या कह रही हैं, भाभी? जुलेखा मेरी पत्नी है।

कमाल, मुझे खाना पकाना है। अब तुमसे बातें करते रहने का समय नहीं है। तुम जैसा उचित समझो, वैसा करो। मुझे इस पचड़े में मत डालो। अच्छा, फोन रख रही हूँ, खुदा हाफिज!

मीता के साथ बहुत दिनों से मुलाकात नहीं हुई थी उसकी। कमाल ने उसे ढूँढ़ निकाला। फिर उससे कहा—मीता! तुम्हें मैं किराया दे रहा हूँ,

मांट्रियल चली जाओ। तुम जुलेखा को समझा सकती हो। वह क्यों मुझे इस तरह सता रही है?

मीता बोली—कमाल भाई, मेरे वहाँ जाने से कोई फायदा नहीं होगा।

क्यों? तुमसे उसकी अन्तरंग मित्रता है, वह तुम्हारी बात नहीं सुनेगी? मुझसे तो वह बोलती ही नहीं, सो मैं खुद कुछ नहीं कह पा रहा हूँ। जुली की माँ भी शायद उसे रोक रही हैं, वे भी बेटी को भेजना नहीं चाहतीं। किन्तु मैं जानता हूँ, गुस्सा उतरते ही जुली का मन व्याकुल हो उठेगा यहाँ लौटने के लिए। तुम उसे मेरी बातें अपने मुँह से सुनाओ। तुम कहना, वह मेरे सारे अपराधों को क्षमा कर दे। मैं बीती बातें कुछ भी याद नहीं रखूँगा। मैं आँखें बिछाए उसका इन्तजार कर रहा हूँ।

कमाल भाई, मैं उससे दो बार टेलिफोन पर बातें कर चुकी हूँ। काफी देर-देर तक। मेरे बहुत पैसे खर्च हो गए हैं इस टेलिफोन के पीछे।

उस टेलिफोन बिल का भुगतान मैं कर दूँगा।

सो नहीं कह रही हूँ! आप समझ ही रहे हैं, उससे मेरी काफी बातचीत हुई है। मैं उससे बहुत बार पूछ चुकी हूँ—तू बोस्टन क्यों नहीं लौट रही है? कब आएगी? जवाब में वह बोली थी—तू और जो चाहे कह ले, सिर्फ इस मामले में मुझसे अनुरोध मत करना, मैं बोस्टन नहीं लौटूँगी!

यह कब की बात है?

एक सप्ताह पहले की।

तब तक उसका गुस्सा शान्त नहीं हुआ था। अब शायद गुस्सा उतर गया हो। मीता, तुम फिर कोशिश करो। मांट्रियल चली जाओ न!

अभी तो मेरे लिए जाना सम्भव नहीं। फोन कर दूँगी।

मीता, तुमने मेरे घर आना-जाना क्यों छोड़ दिया था?

सच कह रही हूँ कमाल भाई, जिस दिन से आपके यहाँ उमर साहब आए, उस दिन से ही मुझे कैसा तो डर लगने लगा था।

कैसा डर?

यह ठीक से मैं नहीं जानती। सिर्फ लगता था कि कोई झमेला होगा।

जुलेखा भी मुझे घर पर ज्यादा नहीं बुलाती थी।

तुम्हें दो-तीन मर्तबा दावत दी थी।

सो दी थी। किन्तु पहले जिस तरह मुझे जब-तब टेलिफोन करती और घर पहुँचने के लिए आग्रह करती मैं उमर साहब को पहले से ही पहचानती भी थी!

तुम पहचानती थी? कैसे?

ढाका में उनसे परिचय हुआ था। मुझे लगता था कि आपके घर पर मुझे देखना वे पसन्द नहीं करेंगे।

क्यों? वे तुम्हें नापसन्द क्यों करते?

कई कारण हैं। खैर, क्या वे कुछ ही दिनों में न्यूयार्क जा रहे हैं? आपको मालूम है कुछ?

नहीं तो! आजकल मुलाकात ही नहीं होती उनसे। वे किसी काम में बहुत व्यस्त हैं। तुमने अचानक यह क्यों पूछा? वे न्यूयार्क जा रहे हैं, यह खबर तुम्हें कैसे मिली?

सुना था। उन्होंने मेरे चाचा को ऐसा ही बताया था। किन्तु क्या सचमुच वे न्यूयार्क जा रहे हैं? या मांट्रियल जा रहे हैं?

मांट्रियल जाएँगे? मुझे बिना बताए?

इससे पहले जब आप भारत गए थे, जुलेखा को आपने मांट्रियल भेज दिया था, तब उमर साहब भी मांट्रियल हो आए थे, आपको मालूम है?

नहीं, नहीं तो! किसी ने भी मुझे नहीं बताया!

वे गए थे, आपकी सास ने उन्हें अपने ही घर पर टिकाया था। वहीं वे रहे तीन-चार दिन तक।

ऐसा भी क्या? मुझे अँधेरे में रखकर बहुत-सी घटनाएँ घट जाती हैं और मुझे पता भी नहीं चलता। खैर, जाने दो, छोड़ो इन बीती बातों को! तुम जुलेखा को मेरे पास लौटा दो।

कमाल की माँ ने एक दिन टोरंटो से फोन किया। उनके स्वर में ऊष्मा थी—क्यों रे कमाल, सुनती हूँ तेरी सास ने तुझे एक दिन मांट्रियल के घर से खदेड़ दिया? कुछ खाने तक को नहीं दिया?

तुम्हें किसने बताया, अम्मा?

सब बातें मेरे कानों तक पहुँचती हैं। खदेड़ दिया था या नहीं, सच-सच बता!

नहीं, ठीक यह बात नहीं। जुलेखा की माँ ने कुछ नहीं कहा था। जुलेखा को अचानक हिस्टीरिया जैसा हो गया था, उसका दिमाग ठिकाने नहीं था।

वह सब हिस्टीरिया-विस्टीरिया की बातें मैं नहीं सुनना चाहती! उसका दिमाग कभी भी ठिकाने पर नहीं था। उसकी माँ अपनी बेटी को नहीं रोक सकती थी? मेरे बेटे को यूँ अपमानित होने दिया! जब से सुना है, मेरा सर्वांग सुलग रहा है।

सुनो अम्मा, तुम इतनी परेशान मत होओ। इन बातों का मैं बुरा नहीं मानता।

क्या कहा रहा है तू, कमाल? मैं परेशान न होऊँ? हमारे परिवार की एक मर्यादा है या नहीं? उसी घर का बेटा होकर तूने यह बर्दाश्त कर लिया? अब भी तू उनकी ही पैरवी करना चाहता है?

सुनो तो...

पहले तू सुन मेरी बात! वे इनसान हैं या पशु हैं? उनकी आँखों में पर्दा तक नहीं है। ऐसे नमकहरामों को मैं इनसान नहीं मानती! आज बांग्लादेश के अकाल में वे सड़कों पर भीख माँगते होते। मैंने उसकी लड़की को अपने घर की बहू बनाया। तू अपनी सास और साले को स्पॉनसरशिप देकर इस देश में लिवा लाया, उनके रहने का इन्तजाम कर दिया। आज उनके पास जो कुछ है सब तेरे कारण। अब इस देश में सेटल हो गई है तो क्या इस गर्मी में तुझे ही घर से निकाल देगी? नमकहराम और किसे कहते हैं?

सब कुछ गलतफहमी के कारण हुआ। वे सोचते हैं—

तू चुप रह। मुझे तू क्या समझाएगा? तुझसे मैं कहे देती हूँ, उस लड़की की बात तू अपने मन से निकाल दे। उसे भूल जा। उसका नाम भी अब अपनी जुबान पर मत लाना। मैं और भी अच्छी लड़की देख-सुनकर तेरी शादी रचूँगी।

नहीं अम्मा, शादी का प्रश्न ही नहीं उठता। जुलेखा को भूलना मेरे लिए सम्भव नहीं है। मैं उसे प्यार करता हूँ।

तू क्या अब भी आदमी नहीं बना? अब भी क्या भोला-भाला बच्चा ही है? जिस लड़की ने तेरी आँखों में धूल झोंककर अकृतज्ञता का परिचय दिया, उसे तू भूल नहीं सकता?

तुमने टाइगर के और उसके सम्बन्ध की जो बात बताई थी वह क्या सही थी?

सही नहीं तो क्या मैंने तुझे गलत बताया था!

यहाँ से उसने पत्र लिखा था!

एक नहीं, दो। टाइगर को मैं एक दिन डाँट रही थी, उससे चट्टग्राम में मुलाकात हो गई थी, मेरी डाँट सुनकर उसने जेब से दोनों खत निकालकर दिखाए थे।

अम्मा, चिठ्ठी तो यूँ भी लिखी जा सकती है। किन्तु तुम्हारे लिए क्या इस तरह की बातें मुझे बताना उचित था? माँ के नाते तुम अवश्य चाहोगी कि तुम्हारा बेटा और पुत्रवधू सुख से रहें।

इसी चाह से तो तेरी शादी की थी। शादी करके तुझे घर में बाँधना चाहती थी। कितनी उम्मीदें लेकर इस बहू को लाई थी।

किन्तु यहाँ आते ही तुम पुरानी बातें छेड़कर मेरा मन विषाक्त बना देना चाह रही थीं।

वे बातें मैं कहती नहीं, अगर तू घर में एक और को नहीं ले आया होता। उसे देखते ही मुझे लगा ढाका में किसी तरह मान-सम्मान बच भी गया था, किन्तु यहाँ तो सर्वनाश होने जा रहा है।

तुमने उमर पर झूठ-मूठ सन्देह किया। तुम्हारी बातें सुनकर ही मैंने जुलेखा के साथ क्रूर व्यवहार किया था जिसके चलते उसने आत्महत्या की कोशिश की।

आत्महत्या न हाथी! कितने तो ढोंग देखो! तेरी बीवी ने कितनी गोलियाँ खाई थीं यह तुझे मालूम है? तीन-चार वेलियम मैं खुद ही हजम कर सकती

हूँ। जुलेखा ने सिर्फ नौ गोलियाँ ली थीं। उसे मालूम था कि उससे कुछ नहीं होगा। सिर्फ हम घबड़ा जाएँगे। यह एक ढोंग था।

तुम्हें कैसे मालूम कि सिर्फ नौ गोलियाँ खाई थीं उसने?

मेरी दवा की पेटी से ही तो खिसकाई थीं उसने। मैंने गिनकर देखा, नौ गोलियाँ कम थीं। और कहाँ पाती वह? तेरे पास क्या नींद की दवा थी?

नहीं, सो नहीं थी, किन्तु और कहीं से तो जुगाड़ कर सकती थी?

कैसे जुगाड़ करती? वह क्या अकेली खरीदने जाती? जाती भी तो उसे अधिक नहीं मिलतीं।

उमर से ले सकती थी।

उमर उसे इतनी नींद की गोलियाँ देता? अगर देता तो साफ हो जाता कि वह भी तो इस षड्यंत्र में लिप्त था...वह महापापी, शैतान! नहीं, ऐसा कुछ नहीं, और कहीं से नहीं लाई थी, बस उतनी ही गोलियाँ खाकर हमें धोखा देना चाहती थी। तेरे घर से निकल भागने की एक तरकीब थी यह। उसे कुछ हुआ होता तो क्या दो ही दिन में अस्पताल से छुटकारा पा जाती?

अम्मा, तुम जुलेखा को बिलकुल पसन्द नहीं करतीं, है न?

पहले करती थी। पसन्द करके ही तो उसे बहू बनाकर लाई थी। किन्तु उसका व्यवहार देखने के बाद मैं उसे अब बहू नहीं मानती! वह निकल भागी है, एक झमेला खत्म हो गया है! उसे तू भूल जा।

नहीं अम्मा, मैं जुलेखा को ही चाहता हूँ। हमारा सुन्दर जीवन था, उसे तुम नष्ट मत होने दो।

तुझे अपमानित करके घर से निकाल दिया, फिर भी तू वहीं जाना चाहता है? तुझे मान-सम्मान का कोई ज्ञान नहीं है?

मैं उन्हें समझाऊँगा।

जैसे हिन्दू लोग गले में गमछा डालकर गाय से क्षमा माँगते हैं, तू वैसा ही करेगा!

क्षमा माँगने से आदमी कभी छोटा नहीं हो जाता। क्षमा माँग सकना और क्षमा कर सकना ये दोनों ही इनसान के सबसे बड़े गुण हैं।

तू तो अड़ियल बैल बन गया है। छी-छी-छी! जैसे तेरी मर्जी हो, कर! मैं फोन छोड़ रही हूँ। तुझे मेरी जरूरत नहीं है, यह मैं समझ चुकी हूँ। तुझे अल्लाह ही देखेंगे। खुदा हाफिज!

खुदा हाफिज, अम्मा!

उमर से मिलने के लिए अगले दिन कमाल दोपहर से ही घर पर बैठा था। उमर लौटा रात के करीब ग्यारह बजे।

कमाल डाइनिंग टेबिल पर बैठा अखबार देख रहा था। उमर उसे एक नजर देखकर अपने कमरे की ओर बढ़ रहा था। कमाल ने पूछा—आप कुछ खाएँगे नहीं, उमर साहब? मैं सैंडविच बना दूँ? भात भी है।

उमर ने कहा—धन्यवाद, मैं नहीं खाऊँगा। मैं बाहर से ही खाकर आया हूँ।

थोड़ा बैठिए न, आपसे कुछ बात करनी थी।

मैं आज बहुत थक चुका हूँ, कल बात करने से नहीं चलेगा? रात भी काफी हो गई है।

ज्यादा समय नहीं लूँगा, थोड़ा बैठ जाइए। आप क्या दो-एक दिनों में न्यूयार्क जा रहे हैं?

हाँ।

सिर्फ न्यूयार्क जाएँगे या और कहीं भी जाएँगे?

क्यों? मैं न्यूयार्क जाऊँ या और कहीं जाऊँ, इसके लिए क्या आपको कैफियत देनी पड़ेगी?

नहीं, मेरा मतलब यह नहीं था। मैं सोच रहा था कि आप न्यूयार्क कहकर शायद मांट्रियल भी जा सकते हैं। मैं जब हिन्दुस्तान गया था, उस समय आप एक बार मांट्रियल गए थे न? तब जुलेखा भी वहीं थी।

हाँ, गया था। उससे क्या हुआ?

आपने मुझसे तो कभी बताया नहीं।

बताने लायक कोई प्रसंग नहीं छिड़ा। आप पूछते तो जरूर बताता। क्यों, भाभी को भी तो यह मालूम था, उन्होंने आपसे नहीं बताया?

नहीं। आप जुलेखा की माँ से मिले थे मांट्रियल में जाकर, उन्होंने आपको दावत दी थी, फिर आपको वहीं ठहरने के लिए कहा था, आप कुछ दिन वहाँ रहे भी, यह सब मुझे पहले नहीं मालूम था।

मांट्रियल पहुँचने पर भाभी कैसी हैं, मैं इनका पता लगाने गया था। बाहर जाने पर हर व्यक्ति परिचित लोगों की खबरें लेता है। आप नहीं लेते? भाभी की अम्मा को मैं खालाअम्मा कहता हूँ। खालाअम्मा ने न्यौता दिया। फिर दबाव देकर बोलीं—तुम होटल में क्यों रहोगे, हमारे यहाँ ठहरो। सो मैं वहाँ ठहरा था। कोई अपराध हुआ था क्या?

नहीं-नहीं, अपराध क्यों होगा? आपकी खालाअम्मा ने आपको दावत दी, आप गए। सिर्फ मुझे ही किसी ने कुछ नहीं बताया। इस बार भी क्या आप मांट्रियल जा रहे हैं?

अगर इच्छा होगी तो जाऊँगा। क्यों, आपको कोई आपत्ति है?

नहीं, आपत्ति क्यों होगी? आप वहाँ जाएँ तो मेरी ही सुविधा होगी। आप मेरी मदद कर सकते हैं। वहाँ जाने पर आप जरूर अपनी खालाअम्मा से मिलेंगे। उन्हें थोड़ा समझाकर, पूछिए कि वे अपनी बेटी को यहाँ भेज क्यों नहीं रही हैं? जुलेखा से भी कहिएगा, उससे भी तो आपकी मुलाकात होगी।

आप खुद भी तो वहाँ बार-बार जा रहे हैं, बहुत बार उनसे कह चुके हैं, मेरे कहने से नया क्या होगा?

आपको वे पसन्द करते हैं, आपकी बात वे मानते हैं।

आपसे अधिक मेरा कहा मानेंगे, यह मैं नहीं मान सकता। जो भी हो, फॉर योर इनफारमेशन, मैं अभी मांट्रियल नहीं, न्यूयार्क ही जा रहा हूँ।

तब तो कोई बात नहीं। इस बीच अगर आपसे टेलिफोन पर बातें हों...।

नहीं, मुझसे टेलिफोन पर बातें नहीं होतीं।

अच्छा उमर साहब, आपको तो मालूम है, आपको मैं अपने छोटा भाई जैसा मानता हूँ, साथ ही आपकी बातों का आदर करता हूँ। आप कहिए तो, हमारी जो शान्तिपूर्ण गृहस्थी थी, वह अचानक यूँ ध्वस्त कैसे हो गई?

जुलेखा क्या मांट्रियल में सुखी है? हर्गिज नहीं! कोई शादीशुदा औरत अपना घर-परिवार छोड़कर सुख से नहीं रह सकती। इधर मैं भी कष्ट झेल रहा हूँ। ऐसा क्योंकर हुआ?

यह आप खुद ही जानते हैं अच्छी तरह।

मैं तो कुछ भी समझ नहीं पा रहा हूँ।

आप समझते हैं सबकुछ। अब आप अनजान बने रहना चाहते हैं तो और बात है!

आप इस तरह बात कर रहे हैं मेरे साथ? मैं आपसे सलाह माँग रहा हूँ और आप मुझ पर दोषारोप कर रहे हैं?

इधर आप भाभी के साथ बहुत बुरा बर्ताव करते थे। उनके साथ आपका स्वस्थ सम्बन्ध नहीं था। भाभी ने बहुत सहा। आखिर जब बर्दाश्त नहीं कर सकीं तो आत्महत्या करने का प्रयास किया। इसके लिए आप अपने दायित्व से इन्कार कर सकते हैं?

आप सिर्फ मुझे ही दोषी बता रहे हैं। जिस दिन यह घटना घटी थी, उस दिन भी आपने यही कहा था, आज भी कह रहे हैं। मैं क्या वाकई इतना बुरा आदमी हूँ? मेरे कुछ दोष हो सकते हैं। आपने मुझे बहुत करीब से देखा है, आप क्या मुझे इतना ही बुरा समझते हैं?

नहीं, आप क्यों बुरे होंगे? आप तो स्वर्ग के फरिश्ते हैं! आप तो कितने ही लोगों का भला करते फिरते हैं, आप महान् हैं, आप पैसे-कौड़ी का हिसाब नहीं रखते, लोग तो यही जानते हैं आपके बारे में। किन्तु आपका मन जो सन्देह से भरा है, यह लोगों को नहीं मालूम! आप भाभी के चरित्र पर शक करते थे, उन पर लांछन लगाया था आपने!

शक! लांछन! आपने टाइगर के साथ अपनी भाभी के सम्बन्ध के बारे में भी कुछ सुना है?

टाइगर? कौन टाइगर?

ढाका का एक छोकरा। उसके बारे में आपने कुछ नहीं सुना? जुलेखा उसे पत्र लिखती थी, किन्तु यह जानने के बाद भी मैंने जुलेखा पर शक नहीं

किया। मैंने सिर्फ पूछा था, टाइगर के बारे में उसने मुझे कुछ बताया क्यों नहीं? इतना पूछना भी अपराध है?

इतना ही क्या, आपने और भी बहुत कुछ किया होगा जरूर। नहीं तो यूँ ही कोई विषपान कर मरने नहीं जाता!

अगर कहूँ कि विषपान की घटना एक नाटक थी? उसे नींद की दवा किसने दी? आपने? आपने नहीं दी। मेरी अम्मा के दवा के बक्से से उसने सिर्फ नौ वेलियम की गोलियाँ ली थीं, जिससे अधिक-से-अधिक चौबीस घंटे नींद होती है। यह नाटक उसने खेला था यहाँ से चले जाने के लिए ताकि सास-ससुर की सेवा न करनी पड़े।

ओह! आप भाभीजी पर इतना शक करते हैं! फिर इस प्रसंग पर आपसे फजूल बातचीत करने की जरूरत नहीं। काफी रात हो गई है, मैं सोने जा रहा हूँ, गुडनाइट!

रुकिए उमर साहब! कुछ और भी बातें हैं। आप तो धीर-स्थिर व्यक्ति हैं। आपकी समझ मुझसे कहीं अधिक है। जुलेखा को कैसे वापस लाया जा सकता है, कोई बुद्धि दीजिए। वह जो यहाँ से गई, उसमें आपकी भी निश्चय ही कोई भूमिका थी। उसके लौटने में भी आपकी कोई भूमिका रहनी चाहिए।

आप ऐसी बात कह रहे हैं? अपने मन को नंगा कर दिया आपने, और नहीं दबा पाए। मुझे मालूम था, आप मेरे नाम पर भी झूठा अपवाद देंगे! मैंने आप लोगों की भरसक मदद करने की कोशिश की थी, जितना उपकार मुझसे हो सकता था, मैंने किया भी था। उसके बदले में आपने मुझे यह इनाम दिया! आप और लोगों से भी मेरे बारे में अनाप-शनाप कहते फिर रहे हैं।

नहीं उमर साहब, सुनिए, मैंने तो किसी से कुछ भी नहीं कहा।

हाँ, कहा है आपने! आपकी अम्मा ने भी कहा है। आप लोग मेरे चरित्र पर लांछन लगा रहे हैं। आपकी बीवी चली गई, अब आप अपना सारा कसूर मुझ पर थोपना चाह रहे हैं। मैं यह कमरा छोड़ रहा हूँ, आप लोगों के साथ अब मैं कोई भी सम्बन्ध नहीं रखूँगा।

कमाल उठकर उमर का हाथ थामना चाह रहा था। उमर ने झटके से अपना हाथ छुड़ा लिया और कमरे में चला गया।

कुछ ही दिनों के बाद उमर अपना बोरिया-बिस्तरा लेकर दूसरे अपार्टमेंट में चला गया।

कमाल अब बिलकुल अकेला था। उसके बारे में चारों ओर कानाफूसी होती। कोई उसके घर नहीं आता था।

ऐसे वक्त पर तरह-तरह के लोग तरह-तरह के उपदेश देने में कंजूसी नहीं करते। किसी ने कहा—कमाल, तुम उसे रुपये भेजना बन्द कर दो। देखना, ठीक भागी-भागी चली आएगी। वह तुमसे बात नहीं करती। पर रुपये तो ठीक लेती है।

किसी ने कहा—कमाल, तुम्हें कुछ कड़ाई से पेश आना था। औरत शक्तिशाली की भक्त होती है। कहाँ तो तुम्हारी बीवी तुमसे डरेगी, उल्टा तुम ही बीवी से डरते हो। तुम घोषणा कर दो कि दूसरी शादी करने जा रहे हो। फिर देखना, कैसे सर पर पाँव रखकर भागी आती है।

एक जर्मन महिला ने अच्छी सलाह दी। उन्होंने बांग्लादेश के डॉ. शहाबुद्दीन से शादी की थी। डॉ. शहाबुद्दीन सम्बन्ध में कमाल के चाचा लगते थे। इस प्रौढ़ा जर्मन महिला का नाम गारट्रुड था। कमाल की सारी बातें सहानुभूतिपूर्वक सुनकर वे बोलीं—कमाल, अभी कुछ दिन तुम दोनों के बीच दूरी रहना ही ठीक होगा। कम-से-कम दो-तीन महीने तुम उससे न मिलो, न पत्र लिखो, न फोन ही करो। तुम दोनों अपने-अपने मन के साथ समझौता करो। उसके बाद शायद सबकुछ ठीक हो जाए। समयान्तर और दूरी ही प्यार की दरार पाटने की श्रेष्ठ औषधि है।

कमाल हिन्दुस्तान चला गया। उसके व्यवसाय के कुछ काम भी थे। बीच में कुछ महीने वह व्यवसाय के बारे में मन नहीं लगा पाया था। अभी बाजार बहुत अच्छा था, थोड़ी मेहनत से ही बहुत कुछ किया जा सकता था।

हिन्दुस्तान पहुँचकर शुरू के कुछ दिन अत्यन्त छटपटाहट में बीते। क्षण-भर के लिए भी वह जुलेखा को भूल नहीं पाता था। रात में होटल के

कमरे में अचानक नींद उचट जाने पर लगता जैसे जुलेखा उसकी बगल में लेटी हुई है।

उसकी इच्छा होती कि ट्रंक-कॉल पर जुलेखा से बात करे। किन्तु गारट्रुड की हिदायत याद आते ही वह खुद को जब्त करता।

एक महीने बाद उसका मन फिर परिवर्तित हो गया। लगा जैसे सबकुछ एक दु:स्वप्न था और बीच में कुछ भी नहीं घटा था। बचकाना अभिमान था सबकुछ। जुलेखा उसे छोड़कर कहीं अधिक दिन अलग रह सकती है? असम्भव! जुलेखा ने तो कहा था, कमाल की बाँहों में सिर रखे बिना उसे नींद ही नहीं आती। शायद उसकी रातें उनींदी बीत रही हैं आजकल।

कलकत्ता के न्यू मार्केट से उसने जुलेखा के लिए दो कीमती साड़ियाँ खरीदीं, साथ ही कुछ आभूषण भी। और भी कुछ छोटे-मोटे उपहार। मीना भाभी की एक साड़ी देखकर जुलेखा की इच्छा वैसी एक साड़ी खरीदने की हुई थी, कमाल ने उससे भी कीमती साड़ी मोल ली।

जुलेखा सैर-सपाटा पसन्द करती है। अभी कमाल के पास कुछ रुपये हैं। वह अब ज़ुली को सादर-सैर में ले जाएगा। जुलेखा पढ़ना चाहती है तो पढ़े, जितनी उसकी इच्छा हो। रुपये-पैसे की और कभी कमी नहीं होगी जुलेखा के लिए।

कलकत्ते से वह ढाका चला गया। शेख मुजीब कुछ दिन पहले मारे गए थे। उसके बाद जेल में ही हलात हुए ताजुद्दीन तथा दूसरे नामी-गरामी नेता। अराजक स्थिति थी देश की।

ढाका पहुँचकर कमाल ने एक बार भी टाइगर को नहीं ढूँढ़ा। वह टाइगर से नहीं मिलना चाहता था, उस पर वह कुपित भी नहीं था। पुरानी बातें वह अपने दिमाग से निकाल चुका था।

ढाका में उसका मन नहीं लगा। उसे हमेशा ऐसा लगता कि इस बीच जुलेखा मांट्रियल से बोस्टन पहुँच गई है और उसका इन्तजार कर रही है। वहाँ से चलने से पहले वह जुलेखा की माँ से कहता आया था, एक चाभी भी छोड़ आया था सिराज़ुल के घर पर।

लौटते समय वह यूरोप में कहीं नहीं रुका। अमस्टरडम में स्टॉप-ओवर था, पर वह सीधे बोस्टन लौटा। एयरपोर्ट से टैक्सी पर चलते हुए उसका दिल धड़कने लगा था। जुलेखा आ गई है या नहीं? उसका मन कह रहा था कि वह आ गई। काफी दिन तो हो गए, अब वह लौटी होगी जरूर। यही तो उसका अपना घर है।

कमाल ने दरवाजे का बैल-पशु दबाया, यद्यपि चाभी उसकी जेब में थी। किसी ने दरवाजा नहीं खोला। चाभी लगाकर उसे खुद दरवाजा खोलना पड़ा। सारा फ्लैट स्तब्ध था, शून्य और निर्जन। कमरे काफी दिनों से बन्द पड़े थे, उनमें उमस की बू थी।

कमाल के लौटने की खबर पाकर सिराजुल भी आ गया था। उसने बताया कि चाभी माँगने कोई नहीं आया था, किसी ने उसे पूछा भी नहीं। मांट्रियल से फोन भी नहीं आया।

रात के पौने दस बज रहे थे। इस वक्त जुलेखा अवश्य घर पर ही होगी, सोचकर कमाल ने फोन मिलाया। जुलेखा ने ही फोन पकड़ा।

कमाल खुशी से झूमकर बोला—जुली! कैसी हो तुम लोग? मैं अभी-अभी लौटा हूँ, आते ही तुम्हें फोन किया।

जुलेखा बोली—हम लोग ठीक हैं।

कमाल बोला—सुनो जुली, मैं इसी वीक-एंड में आऊँगा। तुम्हारी पढ़ाई कैसी चल रही है? तुम तैयार रहना, तुम्हें लेता आऊँगा।

जुलेखा ने ठंडी आवाज में कहा—तुम्हारे आने की जरूरत नहीं है। मैं नहीं जाऊँगी। मैं अब कभी वहाँ नहीं जाऊँगी, यह मैंने फैसला कर लिया है। मैं तलाक चाहती हूँ। मुस्लिम कानून के मुताबिक तुम सहजता से तलाक दे दो तो ठीक है, नहीं तो मैं कोर्ट में जाऊँगी।

कमाल आतंकित होकर बोला—क्या पागलों जैसी बातें कर रही हो जुली? सब तो मैट-माट हो गया है।

क्या मैट-माट हो गया है?

वाह! हमारे बीच अब कौन-सा झंझट है? अब्बा-अम्मा जा ही चुके हैं।

उमर साहब भी चले गए हैं। अब मैं और तुम पहले की तरह रहेंगे!

तुम अपनी खुशी में रहो। मैं और कभी भी नहीं जाऊँगी।

जुली, तुम ऐसी बहकी-बहकी बातें क्यों कर रही हो? क्या तुम मुझसे और प्यार नहीं करतीं? मुझे तो यकीन है, हमारा प्यार कभी भी नहीं टूट सकता।

मैं बकवास नहीं सुनना चाहती। मेरी जिन्दगी में तुम्हारे लिये और कोई जगह नहीं है। तुम सीधे से तलाक दे दो तो ठीक है, नहीं तो मेरे वकील का नोटिस तुम्हें मिलेगा। मुझे और कुछ नहीं कहना है!

सुनो, जुली, सुनो!

जुली ने फोन रख दिया था।

चौखट के पास तब भी सिराजुल खड़ा था। उसने पूछा—कमाल चाचा, भाभी नहीं आएँगी? बेबी अक्सर भाभी की बात पूछती है।

लुटे हुए व्यक्ति की तरह कमाल ने कहा—नहीं! तेरी भाभी अब नहीं आएगी!

8

यहाँ तक कमाल की कहानी में कोई वैचित्र्य नहीं है। यह एक त्रिकोण-प्रेम का मामला है : एक भला आदमी, विश्वस्त पति, उसकी रोमांटिक स्वभाव की पत्नी और एक पार्ट टाइम प्रेमी, ऐसा तो अक्सर ही देखा जाता है।

इसके बाद इस कहानी का एक अलग ही भाष्य मालूम हुआ।

यहाँ तक की घटनाएँ सुनने के बाद मैंने कमाल से कहा, देखो, सारी घटनाएँ तो तुम्हारे ही दृष्टिकोण से प्रस्तुत की गईं। अतः इसे एकतरफा ही कहा जाएगा। इस कहानी में तुम बिलकुल बेदाग हो, निर्दोष हो। घटनाप्रवाह में तुम ही वंचित हुए, ऐसा क्या मुमकिन है?

कमाल बोला, जो कुछ हुआ था, मैंने तुम्हें सब सच-सच बता दिया, कुछ भी जोड़ा-तोड़ा नहीं। कुछ गलतियाँ मुझसे भी हुई थीं, सो तो मैंने छिपाया नहीं।

तुमने मनगढ़ंत कुछ नहीं कहा, यह मैं जानता हूँ। किन्तु कोई भी व्यक्ति एक ही रंग में रँगा हुआ नहीं हो सकता। चरित्र के भी बहुत-से आयाम होते हैं।

किन्तु जब कोई किसी के बारे में बताता है तो साधारणतया वह उसके चरित्र का एक ही पहलू उद्घाटित करता है। जुलेखा, उसकी माँ, उमर, तुम्हारी माँ, इनकी भी तो अलग मान्यताएँ हो सकती हैं। यही कहानी जुलेखा से सुनी जाए तो शायद वह सर्वथा भिन्न लगे।

किन्तु सारी घटनाएँ तो वही हैं।

घटनाओं में भी छोटी-छोटी फाँकें रह जाती हैं। जैसे, एक उदाहरण दे रहा—तुम्हें कभी भी उमर के प्रति खास नाराजगी नहीं हुई! बाद के दिनों में वह तुम्हें खरी-खोटी सुनाने लगा था। किन्तु तुम तब भी शान्त बने हुए थे।

नहीं, आखिरी दिन मुझे अचानक बहुत गुस्सा आ गया था। मैंने उमर को धकेल दिया था, वह गिर पड़ा था।

यही देखो, तुमने यह सब तो कहा नहीं। यही बातें तो अहमियत रखती हैं। तो फिर तुम्हें भी गुस्सा आता है?

हा-हा-हा! तुम क्या मुझे भोलेनाथ समझते हो? मुझे गुस्सा नहीं आ सकता?

ईर्ष्या रहने पर गुस्सा भी रहेगा। बेकस मुहब्बत कभी-कभी ईर्ष्या को जन्म देती है। उस ईर्ष्या में आँखें धुँधुआ जाती हैं, तब बहुत ही निरर्थक छोटी-मोटी बातों पर भी शक होने लगता है। खैर, तो तुमने उमर को धक्का क्यों मारा?

जान-बूझकर नहीं मारा था। बहस के दौरान अचानक मेरे दिमाग में आग धधक उठी, और मैंने उसे धकेल दिया। मैं चाहता तो उसे मार ही डालता, इतनी ताकत मुझमें थी। किन्तु उसे धकेल देने के तुरन्त बाद मुझे बहुत अफसोस हुआ। मैंने खुद ही उसे फर्श पर से उठाया, और उससे क्षमा माँगी। उस तरह धक्का मार देना कोई वैसी घटना नहीं थी, उमर के साथ मेरा सम्पर्क उसी दिन समाप्त नहीं हो गया, उसके बाद भी कई बार हमारी मुलाकातें हुईं, बातचीत भी।

फिर भी, उस दिन तुमने उसे धक्का मारा ही क्यों? तुम्हारी बातों से तो लगता है कि तुम्हें उमर पर शक नहीं था।

जहाँ तक मैं कह चुका हूँ, तब तक मैं किसी निष्कर्ष पर नहीं पहुँचा था। किन्तु उसके बाद सिर्फ शक ही नहीं, मुझे बहुत-से प्रमाण भी मिल गए थे।

जो भी हो, उमर या जुलेखा से मैं मिल पाता, उनसे बातचीत कर पाता, तो शायद मैं कोई स्पष्ट धारणा बना पाता। कहानी के दूसरे पहलू भी सामने आते। तुमसे एक बात पूछूँ, कमाल?

पूछो।

अब तक जो कुछ सुना, उससे मुझे लगा कि सिर्फ एक तुच्छ घटना के चलते तुम जुलेखा को सजा देना चाह रहे थे।

सजा?

रात-दर-रात बीवी की ओर पीठ करके सोना उसे सजा देना नहीं है? अपनी माँ की बात सुनकर तुमने जुलेखा पर दबाव डाला था। मैं होता तो टाइगर को 'बैनिफिट ऑफ डाउट' देता।

क्यों?

तुम्हारी माँ की काफी उम्र हो चुकी हैं। वे पुरानी पीढ़ी की हैं। उनकी नैतिक मान्यताएँ और हैं। घर की बहू किसी बाहरी युवक से घुल-मिलकर बातें करे, इसे वे अच्छी नजर से नहीं देखतीं। किन्तु आजकल इससे क्या बनता-बिगड़ता है? मुझे तो लगता है कि टाइगर एक 'एक्स्ट्रोवर्ट' टाइप का छोकरा था। तुम्हें वह चाहता था, तुम्हारी अनुपस्थिति में भाभी उदास न हो इसीलिए वह कम्पनी देता था, हँसी-मजाक करता था, शायद छेड़-छाड़ भी करता हो, इससे ज्यादा कुछ नहीं।

नहीं, उससे बहुत ज्यादा। यह मैं अच्छी तरह जानता हूँ।

फिर उमर के बारे में मीना भाभी या तुम्हारी माँ ने जो कुछ कहा था, वह बहुत-सी वयस्क महिलाएँ कह सकती हैं। किन्तु तुमने ही तो बार-बार कहा है कि उमर के व्यवहार में कोई खामी नहीं थी। तो फिर उमर के खिलाफ क्या शिकायत हो सकती है? शायद जुलेखा के चले जाने में उमर की कोई भूमिका ही नहीं थी।

सारी कथा सुनने के बाद तुमने यही समझा? तो फिर यह मेरी ही कमजोरी है, मैं ठीक से समझा नहीं पाया।

उमर अब कहाँ रहता है? उससे मिलकर मैं अलग से बात नहीं कर सकता?

उमर से तुम मिल नहीं पाओगे, किन्तु सारी बातें तुम सुन सकते हो।

मतलब?

उससे मेरी जो बातें हुई थीं, सब टेप किया हुआ है। सिर्फ उसकी बातें नहीं, जुलेखा, उसकी अम्मा, मीना भाभी, मीता, सभी की बातें टेप की हुई हैं।

मैं बेहद चौंक गया। आँखें फाड़े विस्मय से उसे घूरता रहा मैं काफी देर तक। फिर मैंने पूछा—क्या कह रहे हो, तुमने सभी की बातें टेप कर ली हैं, उन्हें बताकर, या...

कमाल हँसता हुआ बोला—बताकर टेप करता तब तो सभी कांशस हो जाते। किसी को नहीं मालूम।

तुम तो बड़े खतरनाक व्यक्ति हो! किसी को बिना बताए सब टेप कर लेते हो! कब से यह सब शुरू किया था?

जुलेखा के चले जाने के बाद से। उससे पहले ऐसी बातें मैं सोच भी नहीं सकता था। सुनोगे मैंने इस तरह टेप करना क्यों शुरू किया? एक समय मुझे यह महसूस हुआ कि मेरी कमजोरी का फायदा उठाकर हर कोई मुझे उल्टी-सीधी पढ़ाने लगा है, लोग मुझे पागल साबित करने पर आमादा हो गए हैं। आज कोई कुछ कहता तो अगले ही दिन उस बात से इनकार कर जाता। मीना भाभी मुझे बार-बार उमर के बारे में सावधान करतीं, कहतीं कि उमर पर यकीन नहीं किया जा सकता, किन्तु उमर से मिलते ही वे बिलकुल पिघल जातीं, तब उसकी बहुत खातिरदारी करतीं वे। जुलेखा की माँ आज जो कहेंगी, अगले ही दिन उसे अस्वीकार करेंगी। मीता मुझसे कह चुकी थी कि वह उमर से डरती है, ढाका में उमर ने उस पर 'अटैम्प्ट' किया था, उसी मीता को एक दिन देखा उमर के साथ निउटन में घूमते हुए। मैं पूछता तो दूसरी बात बताती। इसीलिए सबकी बातें मैंने टेप करना शुरू कर दिया। सुनोगे?

सुनाओ।

पहले यह बता दूँ कि यह टेप करने का विचार मेरे दिमाग में कैसे आया।

औरों से छिपाकर तुम टेप कैसे कर लेते हो?

टेलिफोन की बातें टेप कर लेना बहुत आसान है। जब औरों से उनके घर पर मिलने जाता तब पाँव के साथ एक छोटा कैसेट-रेकर्डर बाँधकर ले जाता था। मोजे के अन्दर वह ढँका रहता। बात करते-करते पाँव खुजलाने के बहाने उसे चालू कर देता। जासूसी कहानियों में ऐसा पढ़ा था। कोई वाकई ऐसा कर सकता है यह मुझे नहीं मालूम था। खैर, यह विचार कैसे आया, वही बताऊँ। तुम्हें शायद मालूम होगा, इस देश में तुम चैक के द्वारा जितने भी भुगतान करते फिरो, महीने के अन्त में वे सब व्यवहृत चैक बैंक तुम्हें भेज देगी। एक बार फिर जुलेखा के नाम से काटा गया एक चैक मेरे पास पहुँचा। उस चैक पर उमर अली के दस्तखत थे। उसे पलटकर देखते ही मालूम हुआ कि जुलेखा ने उस चैक के द्वारा मांट्रियल में एक टेलिफोन बिल का भुगतान किया था। कुछ समझ रहे हो तुम? जुलेखा उमर साहब के साथ लांग-डिस्टेंस टेलिफोन पर बहुत देर तक बातें करती रही, उमर ने उस टेलिफोन बिल के लिए चैक काटा था।

किन्तु वह व्यवहृत चैक तुम्हारे पास कैसे पहुँचा?

हम मुसलमानों की तो कोई पदवी नहीं होती। पति और पत्नी का नाम सुनकर कोई यह नहीं समझ सकता कि वे पति-पत्नी हैं। इस देश में इससे बहुत असुविधा होती है। इमिग्रेशन में झमेले होते हैं। इसलिए इस देश में आकर हमें पति और पत्नी के नाम का अन्त एक ही रखना पड़ता है। उसी को यहाँ पदवी माना जाता है। इसीलिए जुलेखा की पदवी देखकर पोस्टमैन उसे मेरे डाक-बक्से में डाल गया था।

समझा!

मेरे घर से जाने से पहले उमर साहब ने कहा था कि जुलेखा के साथ उनका कोई सम्पर्क नहीं है, टेलिफोन पर भी बातचीत नहीं होती। किन्तु अब यह स्पष्ट हो गया था कि वे अक्सर देर तक फोन पर बातचीत करते और

इसमें उमर साहब की इतनी दिलचस्पी थी कि टेलिफोन का खर्च भी वे ही उठाते। मैंने तभी तय किया कि उमर साहब का टेलिफोन 'टेप' करूँगा, वे क्या बात करते हैं, सुनूँगा।

उमर तब दूसरे मकान में जा चुका था। उसका फोन तुमने कैसे टेप किया?

उसका उपाय हो गया। सिराजुल के बारे में तुम्हें पहले ही बता चुका हूँ, वह मेरा भक्त था। उसकी उम्र कोई सत्रह-अठारह साल थी। जुलेखा के चले जाने का मामला वह मोटे तौर पर जानता था, उसकी सहानुभूति मेरे साथ थी। मैंने उसकी मदद ली। वह अक्सर उमर साहब के पास गणित वगैरह समझने के लिए जाता था मैंने उसे कहा—सिराजुल, तू उनसे कहना, हमारे घर पर काफी लोग हैं, आप जब दोपहर को नहीं रहते, उस समय मैं आपके कमरे में बैठकर पढ़-लिख सकता हूँ? उमर अली को सिराजुल पर कोई शक नहीं हुआ था, वे राजी हो गए थे।

एक दिन दोपहर को सिराजुल का इशारा पाकर मैं उनके कमरे में जाकर टेलिफोन 'बगिंग' की व्यवस्था कर आया। फिर टेलिफोन लाइन का प्वाइंट देखने के लिए नीचे की मंजिल पर उतरा। ऐसे समय सिराजुल ने दौड़ते हुए आकर बताया—कमाल चाचा, भाभी की चिट्ठी। दराज में।

मैं तुरन्त ऊपर उनके कमरे में गया। वाकई जुलेखा की चिट्ठी थी, दो पन्नों की, जो उसने हाल ही में लिखी थी। चिट्ठी लेकर मैं बाहर भागा और उसकी जेरक्स कॉपी निकलवा कर चिट्ठी यथास्थान रख दी। उस चिट्ठी की कॉपी अब भी है मेरे पास।

क्या था उस पत्र में?

उस पत्र की भाषा मैं तुमसे नहीं बता सकता। वे बातें मेरी जुबान पर नहीं आएँगी। मेरा असली सर्वनाश उसी दिन हुआ।

सिर्फ एक चिट्ठी पढ़कर?

हाँ। सारा विश्वास ताश के पत्तों के घर-सा एक क्षण में बिखर गया। अगर उस पत्र में प्यार की बातें रहतीं तो मैं उतना दुःखी नहीं होता। उमर

के साथ जुलेखा का थोड़ा-बहुत प्यार तो हो ही सकता था। यहाँ तक कि वह उसके प्यार की दीवानी होती तो उसे भी मैं अस्वाभाविक न मानता। ऐसा होता, तो मैं हट जाता उनके बीच से। जरूरत होती तो उनकी शादी का इन्तजाम भी मैं कर देता। किन्तु उस पत्र में थी सिर्फ देह। सिर्फ सेक्स! विकृत उल्लास। कितने तरह से उन्होंने एक-दूसरे को एनजॉय किया था, उसी का जिक्र था अत्यन्त गर्हित भाषा में, और जुलेखा ने जानना चाहा था कि फिर कब वैसा होगा!

कमाल कुछ देर चुप रहा। मैं भी चुप था। मैं जुलेखा को रोमैंटिक टाइप की औरत समझ रहा था अब तक। हालाँकि रोमांस के साथ सेक्स का कोई विरोध नहीं, बल्कि नजदीकी सम्बन्ध है। किन्तु पत्र में यौन-व्यवहार की चर्चा जाने कैसी तो लगती है। जो रोमैंटिक होते हैं, वे और चाहे जो भी करें, गन्दी भाषा का व्यवहार नहीं करते।

कमाल ने कुछ देर के बाद कहा—उस दिन से सारा मामला स्पष्ट हो गया था। जुलेखा ने आत्महत्या का नाटक खेला था, सारा मामला बनावटी था। जुलेखा ढाका में टाइगर से इश्क करती थी। जब उसे लगा कि भेद खुल जाएगा, और वह मुँह दिखाने लायक नहीं रहेगी, तब वह ढाका छोड़कर यहाँ आने के लिए व्यस्त हो पड़ी थी। उसके बाद मैंने अपना सबकुछ उस पर न्यौछावर कर दिया था, उसे बेशुमार प्यार दिया था, किन्तु वह उससे भी सन्तुष्ट नहीं हुई, आवारागर्दी में ही उसकी रुचि थी। उमर को देखते ही वह समझ गई थी कि उसे एक और शिकार मिल गया है। मीता से उसे अवश्य मालूम हो गया था कि उमर को औरत मिल जाए तो वह छोड़ता नहीं। क्या पता उमर से जुलेखा का ढाका में ही परिचय था या नहीं। मेरी कमजोरी वे समझ गए थे। मैं कभी जरा भी आपत्ति करता तो जुलेखा कहती—तुम्हारा मन इतना छोटा है, तुम इतनी मामूली बात पर शक करते हो? मैं तुरन्त दब जाता। उनकी यह लीला कहाँ तक बढ़ गई थी जरा सोचो! मैं जब नहीं रहता था तब तो वे जो चाहते करते ही, मैं घर पर होता तब भी वे मिलते रहते। मुझे बिस्तर पर लिटाकर जुलेखा दूध पिलाने का बहाना बनाकर उमर के कमरे में जाती

थी। चिट्ठी में एक स्थान पर जुलेखा ने इसी बात को लेकर ठट्टा किया है। मुझसे कहती कि दूध पिलाने जा रही है, असल में उस कमरे में पहुँचते ही जुलेखा ब्लाउज खोलकर...

समझ गया!

कभी-कभी मेरी इच्छा होती कि उमर के कमरे में चुपचाप झाँककर देखूँ कि वे क्या कर रहे हैं। किन्तु मैं ऐसा कभी नहीं कर पाया। ऐसा करने पर मैं खुद की ही नजरों से गिर जाता।

कमाल, तुम अगर साधारण इनसान होते, तुम्हें गुस्सा करना आता और स्वार्थी होते, तो शायद अधिक सुखी होते।

हम सब तो साधारण ही हैं। मुझे तो लगता है, हर व्यक्ति मेरी तरह है। खैर, आगे सुनो। मेरे अम्मा-अब्बा के आ पड़ते ही उनकी इश्कबाजी में बाधा पड़ने लगी, इसी से जुलेखा उस तरह विक्षिप्त हो उठी थी। अम्मा ने मुझे टाइगर के बारे में बता दिया है जानने के बाद ही जुलेखा समझ गई थी कि अम्मा की तीक्ष्ण दृष्टि में उमर के साथ उसका सम्बन्ध छुपेगा नहीं। तभी जुलेखा वहाँ से भागने का रास्ता ढूँढ़ती रही। उमर ने ही उसे नींद की गोली खाने का परामर्श दिया था। उसने कहा था कि वह खुद जुलेखा को ठीक समय पर अस्पताल ले जाएगा।

उमर बहुत चालाक है। वेरी कूल एंड कैलकुलैटिंग।

सिर्फ एक ही बार उसके 'कूल' ने साथ नहीं दिया था। अस्पताल में जब जुलेखा बेहोश हो गई थी तो उमर को लगा था कि जुलेखा सचमुच ही मर तो नहीं जाएगी! उसी समय उसने कहा था कि जुलेखा को कुछ हो गया तो वह मुझे खत्म कर देगा!

अच्छा कमाल, उस पत्र को पढ़ते समय तुम्हारी मन:स्थिति क्या हुई थी?

पहले तो सर चकरा गया था—आँखों के सामने अँधेरा फैलता जा रहा था, पाँव तले की मिट्टी खिसकती लग रही थी—किन्तु पास ही खड़े सिराजुल पर निगाह पड़ते ही मैंने किसी तरह खुद को सँभाला, नहीं तो शायद मैं बेहोश होकर गिर पड़ता।

गुस्सा नहीं हुआ?

बहुत तेज गुस्सा आया था उस वक्त, किस तरह का गुस्सा—यह मैं तुम्हें समझा नहीं पाऊँगा। लगा, उमर अली एक विषैला कीट है, उसे पाँव के नीचे रौंदने की इच्छा हुई। सोचा, किसी गनमैन के जरिए उसका काम तमाम करा दूँगा। तुम्हें मालूम होगा, इस देश में पचास या सौ डॉलर में खूनी किराये पर मिल जाते हैं, वे बड़ी सफाई से अपना काम कर आते हैं, कोई सबूत नहीं छोड़ते। दो-तीन दिन तक मैं इसी विचार को हवा देता रहा।

सिर्फ उमर पर ही गुस्सा आया? जुलेखा पर नहीं?

नहीं, उस वक्त जुलेखा पर उतना गुस्सा नहीं आया था। उसके प्रति मेरा प्यार किसी बात से भी कम हो जाए तब न! दो-तीन दिन के बाद मैंने वह विचार त्याग दिया। सिर्फ मौत ही उमर के लिए यथेष्ट सजा नहीं होगी। मेरी जो क्षति उसने कर दी थी उसके लिए उसे जीवित रहकर आजीवन क्षतिपूर्ति करनी पड़ेगी—मैंने तय किया कि उसे ब्लैक मेल करूँगा। उससे कहूँगा मैं तुम्हारी सब काली करतूतों का भंडाफोड़ कर दूँगा, ऐसी हालत कर दूँगा कि तुम कभी अपने देश न लौट पाओ! सिर्फ एक शर्त पर मैं चुप रह सकता हूँ। तुम हर साल दो अनाथ लड़कों के पालन-पोषण का दायित्व लोगे। ढाका के दो अनाथ लड़कों का दायित्व तुम पर हर साल रहेगा। मैं आजीवन तुम पर निगाह रखूँगा, कभी तुमने वादा-खिलाफी की तो मैं तुम्हारी जान ले लूँगा।

बहुत अच्छी योजना थी, किन्तु अवास्तविक!

जानता हूँ। यह विचार भी कुछ दिनों में ही बदल गया। इस बीच एक दिन जुलेखा की अम्मा को फोन किया, उन्होंने फिर मेरा अपमान किया। उनके चरित्र में अद्‌भुत दोहरापन था। कभी मीठी-मीठी बातें करतीं, अगले ही क्षण छुरा भौंक देतीं। तब सोचा, उन्हें भी मार डालूँगा। सारा बिगाड़ उन्हीं के चलते हुआ था। उन्होंने ही बेटी को बढ़ावा दिया था, मेरे अम्मा-अब्बा के साथ जुलेखा का सम्बन्ध विषैला बना दिया था, हमारे वैवाहिक जीवन की दरार पाटने के बजाय उसे और भी गहरा बना दिया था। सोचा कि अम्मू और उमर अली की मैं अपने हाथों से हत्या करूँगा।

हा-हा-हा! कमाल, तुम हत्या करते! इतना आसान है क्या?

तुम हँस रहे हो? किन्तु गुस्से में आदमी जाने क्या-क्या कर बैठता है। कोई क्या पैदाइशी हत्यारा होता है? परिवेश ही उसे खूनी बना देता है। मैंने इसके लिए भी योजना बनाई थी। कनाडा के किसी ग्रामीण इलाके में एक फार्म-हाउस किराये पर लूँगा। आसपास कोई आबादी नहीं होगी। अम्मू और उमर को क्लोरोफार्म सुँघाकर बेहोश करके वहाँ ले जाऊँगा, फिर उनकी बोटी-बोटी काटकर थोड़ा-थोड़ा करके कमोड में बहा दूँगा। कोई चिह्न नहीं रहेगा।

हा-हा-हा।

तुम्हारे हँसने से क्या होगा? मैं कनाडा में घूम-घूमकर एक सुनसान फार्म-हाउस तक पसन्द कर आया था।

सिनेमा में ऐसा होता है। अवश्य ही कोई टी.वी. सीरियल देखकर तुमने यह आइडिया पाया था, है न? यह सब करना तुम्हारा काम नहीं।

सिनेमा में ही क्यों, हकीकत में भी ऐसा होता है। किन्तु मुझसे नहीं हुआ। इस व्यर्थता की पीड़ा भी कुछ कम नहीं थी। जब मुझे यकीन हो गया कि यह काम मेरे द्वारा कभी भी सम्भव नहीं होगा, तो मैं रो पड़ा। क्या मैं इतना ही अक्षम हूँ कि कुछ भी नहीं कर सकता?

उसके बाद और कोई योजना नहीं बनाई?

हाँ, उसके बाद सोचा कि सबकुछ छोड़-छाड़कर कहीं चला जाऊँगा। अपार्टमेंट, गाड़ी, हर सामान वैसे ही पड़े रहेंगे। मैं नए सिरे से अपनी जिन्दगी शुरू करूँगा, अफ्रीका के किसी देश में जाकर, जहाँ कोई मुझे नहीं पहचानेगा!

गुड आइडिया!

पर यह आइडिया भी ज्यादा देर नहीं टिका। मैंने सोचा, अफ्रीका पहुँचकर भी तो मैं जुलेखा को नहीं भूल पाऊँगा! जब तक मैं जीवित रहूँगा, जुलेखा की याद मुझे जलाती रहेगी। अतः बहुत दूर जाने के लिए मुझे दुनिया ही छोड़नी पड़ती।

कितने खौफनाक विचार थे! यह सब तुम अकेले-अकेले ही सोचते थे, तुम्हारे आसपास और कोई नहीं था?

नहीं, किसी भी परिचित का मैं तब विश्वास नहीं करता था। एक बार क्या हुआ जानते हो? जुलेखा ने तो नींद की दवा खाकर हम सबको चकमा दिया था, मैंने तय किया कि मैं नींद की गोलियाँ खाकर ही मरूँगा। घूम-घूमकर नींद की दवा बटोरता। अलग-अलग दुकानों से। कुल एक सौ छप्पन गोलियों का मैंने जुगाड़ कर लिया। उन गोलियों का चूर्ण बनाकर एक पैकेट में भरकर मैंने अपनी जेब में रख लिया। विचार था, किसी भी समय दूध के साथ उसे गटक लूँगा।

मैंने हाथ बढ़ाकर कमाल को स्पर्श किया। बोला—कमाल, तुम बहुत दु:खी हो, है न?

कमाल विचित्र ढंग से हँसकर बोला—अब तुम यह कहो तो क्या फर्क पड़ता है! तब तो मुझे ढाँढस देने के लिए कोई भी नहीं था। उमर और जुलेखा ने इस तरह घटना को सजाया था कि सारा दोष मुझ पर लगे। जुलेखा की आत्महत्या की कोशिश के लिए मैं ही जिम्मेदार था। उफ! क्या ही असह्य परिस्थिति थी!

वह जहर की पुड़िया किसने हथियाई तुमसे?

किसी ने नहीं। हर वक्त उसे मैं साथ रखता था। किसी भी वक्त उसे मैं लील सकता था, उपयुक्त समय का इन्तजार कर रहा था। उधर जुलेखा तलाक के लिए एकदम बेचैन हो रही थी। इसी प्रसंग में तमाम बातें उठतीं। मैं तलाक देने के लिए राजी नहीं था। ऐसे में जुलेखा के चाचा आए ढाका से। यह तय हुआ कि एक मीटिंग होगी। वहीं निर्णय होगा। जुलेखा के चाचा सारी व्यवस्था करेंगे।

और एक निगोशिएटर?

फाइनल निगोशिएटर। फिर जो होना होगा, होगा। जुलेखा के चाचा प्रवीण, विद्वान और माननीय व्यक्ति थे। उनका कहा सभी को मान्य होता। उनसे मेरी बोस्टन में ही पहली मुलाकात हुई। उन्होंने पहले ही मुझे कहा—कमाल, इनसान की जिन्दगी बहुत कीमती होती है। जिन्दगी के साथ खिलवाड़ मत करो! मैं देखूँगा कि इस मसले का क्या हल निकाल पाता हूँ उससे पहले कुछ

मत कर बैठना। उनकी ये बातें सुनकर मैं चौंक गया। वे क्या कुछ भाँप गए थे? ऐसी बातें वे क्यों कह रहे थे?

उसके बाद?

उसके कुछ दिनों बाद मैं कनाडा गया। मांट्रियल में एक दूसरे मकान में ठहरा। वहाँ अब्बा-अम्मा थे। चाचा एक दिन वहाँ आए। दो-एक बात कहने के बाद मैं अन्दर चला गया। खुद को बहुत बीमार महसूस कर रहा था। सीढ़ी के पास एक खाट पर मैं लेट गया। वहाँ खास रोशनी नहीं थी। मुझे कोई नहीं देख रहा था। मैं न तो सो रहा था, न ही जाग रहा था। औरों की बातें मैं सुन पा रहा था, खुद कुछ बोल नहीं पा रहा था। मैंने सुना, अतीकुल चाचा सबसे विदा लेकर जा रहे थे। मेरे बारे में उन्होंने एक बार भी नहीं पूछा। मेरा मन विषाद से भर गया। सोचा, उस चूर्ण को तभी लील जाऊँ। फिर सोचा, ऐसे नहीं। जुलेखा को बताना पड़ेगा कि मैंने सचमुच क्या चाहा था। उसी वक्त मैं गाड़ी लेकर जुलेखा के घर पहुँचा। जानता था कि जुलेखा मुझसे मिलेगी नहीं। पर किसी-न-किसी से तो मुलाकात होगी।

किससे मुलाकात हुई?

अतीकुल चाचा के साथ। वे दहलीज पर ही थे। मैंने उनसे कहा— अतीकुल चाचा, आलोचना, मीटिंग वीटिंग, सभा आदि की तो कोई जरूरत नहीं है। मेरे और जुलेखा के व्यक्तिगत मामले को लेकर लोग इतनी माथा-पच्ची क्यों कर रहे हैं? आप एक बार जुलेखा को बुलाइए। यह जो पैकेट देख रहे हैं आप, इसके अन्दर जो कुछ है उसे जुलेखा किसी चीज में मिलाकर मुझे दे दे। मैं जुलेखा की गोद में सर रखकर हमेशा के लिए सो जाऊँगा, सब झंझट चुक जाएगा।

उन्होंने क्या कहा?

अतीकुल चाचा ने कहा—तुम क्या बचकानी बातें कर रहे हो? जुलेखा यहाँ है नहीं। वह पैकेट मुझे दो। और उन्होंने वह पैकेट मुझसे लगभग छीन ही लिया।

दैट वाज द वाइजेस्ट थिंग टु डू!

तुम तो अब यह कहोगे ही। उस समय तो तुमने मुझे नहीं देखा था! मैं अपने होशोहवास खो बैठा था, किसी भी वक्त कुछ भी कर सकता था मैं।

कमाल, तुमने जो बहुतों की बातें टेप कर ली थीं, वह सुनाओगे।

अभी सुनोगे? ठहरो, मशीन ले जाऊँ।

दो-एक नहीं, दर्जन के हिसाब से उसने कैसेट निकालना शुरू किया, कुल मिलाकर शायद सौ से अधिक कैसेट थे। मैं तो घबड़ा ही गया। इतने कैसेट मैं कितने दिनों तक सुनूँगा? असम्भव। कितने दिनों से तो ठीक से कोई गीत सुनना भी नहीं हो पाता, लोगों की फिजूल की बातें सुनकर क्या होगा?

कुछ कैसेट थोड़ा-थोड़ा सुनकर ही मैं जम्हाई लेने लगा था। लगभग एक-सी बातें। जुलेखा द्वारा कमाल का घर परित्याग करने तथा उमर के साथ जुलेखा के सम्बन्ध के बारे में जानने के बाद भी कमाल हरएक से अनुरोध करता फिरता था कि वे जुलेखा को वापस बुलाने में उसकी मदद करें। कुछ लोग उसे सांत्वना देने के नाम पर उस पर व्यंग्य कस रहे थे। कोई उसे डाँट रहा था। उमर अली की आवाज बहुत रूखी थी। वह इस पचड़े से दूर रहना चाहता था। जुलेखा की माँ कमाल पर दोषारोपण कर रही थी। जुलेखा बार-बार टेलिफोन की लाइन काट दे रही थी और कमाल बार-बार उससे बात करने की कोशिश कर रहा था। मीना भाभी, मीता, शमीम—ये सब कमाल के पक्ष में होने के बावजूद उसे पागल समझ रहे थे, यह उनकी बातचीत और कंठस्वर से ही स्पष्ट था। ऐसे ही थे वे कैसेट।

शायद उस समय कमाल का यह एकरस अनुरोध सुनकर मैं भी उसे पागल ही समझता।

मैंने कहा—ठीक है कमाल, अब मशीन बन्द करो। अब मैं तुमसे कुछ प्रश्न पूछूँ?

कमाल ने पूछा—और नहीं सुनोगे?

मैं बोला—नहीं, बहुत हो गया। उतने से ही मैं समझ गया हूँ। मेरा पहला सवाल है—तुम इतना झमेला क्यों कर रहे थे? जुलेखा तुम्हें छोड़ गई थी, वह और लौटना नहीं चाहती थी, वह बारम्बार तलाक माँग रही थी,

उसने स्पष्ट कर दिया था कि उसे तुमसे प्यार नहीं था, फिर भी तुम तलाक क्यों नहीं दे रहे थे?

कमाल बोला—वह सब जुलेखा के मन की बात नहीं थी, सिर्फ गुस्से की बात थी।

छः महीने बीतने के बाद भी गुस्से की बात थी? उसकी बातें सुनकर तो ऐसा नहीं लगता। जुलेखा की माँ भी तो तलाक के ही पक्ष में थी।

उन्होंने हर पहलू पर विचार करके नहीं देखा था। जैक नामक एक पुलिस-अफसर के साथ उस समय उनकी गाढ़ी दोस्ती थी। एक टेप में तुमने सुनी तो जैक की बातें। वे सोचती थीं, अपने उस पुलिस-प्रेमी का सहारा लेकर मुझे परेशान करेंगी।

यह सब फिजूल की बातें हैं। तुम्हारे लिए तो सबसे सहज और स्वाभाविक था तलाक देकर झमेले से मुक्त होना। तुम तलाक क्यों नहीं देना चाहते थे?

कमाल मेरी आँखों में झाँककर बोला—इसके तीन कारण थे। अगर मैं सवाल के रूप में उन कारणों को सामने रखूँ तो क्या तुम जवाब दे पाओगे?

कोशिश कर सकता हूँ।

पहला कारण, मैं जानना चाहता था कि मेरा कसूर क्या था? क्यों मैं व्यर्थ हुआ? मैंने अपना सारा प्यार अपनी पत्नी को दिया था। उस पर विश्वास करता था। उसकी किसी स्वाधीनता में खलल नहीं डालता था। हमारे शारीरिक सम्बन्ध भी पूर्णतः स्वस्थ, स्वाभाविक और आनन्ददायक थे। मेरी अम्मा के वहाँ पहुँचने के पूर्व तक मुझसे जुलेखा को कोई शिकायत नहीं थी। फिर उसने बेवफाई क्यों की? क्यों वह गृहस्थी तोड़ने को आतुर हो पड़ी? कोई पत्नी और क्या चाहती है? फिर विवाह क्या है? फिर उमर को ही लिया जाए, विदेश पहुँचकर उसके रहने का प्रबन्ध नहीं हो पा रहा था, मैंने उसे जगह दी। मैं उस पर पूरी तरह विश्वास करता था। अपनी पत्नी के साथ उसका मधुर सम्बन्ध बनने में मैंने कोई बाधा नहीं दी। एक आदमी को दूसरा आदमी इससे अधिक और क्या दे सकता है? फिर भी, ऊपरी तौर पर मुझसे हमेशा अच्छा व्यवहार करने के बावजूद वह अन्दर-ही-अन्दर मेरे साथ विश्वासघात करता

रहा। तो क्या आदमी के विश्वास का कोई मूल्य नहीं? मैं इसका उत्तर जानना चाहता था उन लोगों से। वे सभी इस प्रश्न का उत्तर टालते हुए उल्टा मुझ पर ही दोषारोपण करते रहे। तुम इस प्रश्न का जवाब दे सकते हो?

मैंने मन-ही-मन सोचा—मनुष्य बहुत ही विचित्र जीव है, उसे नियमों में नहीं बाँधा जा सकता। दैहिक आकर्षण किसका कब किसके प्रति होगा, इसका कोई ठिकाना नहीं रहता, वहाँ उचित-अनुचित की सारी दीवारें ढह जाती हैं।

किन्तु यह सब कहना कैसा तो अटपटा लगता। मैंने कहा—नहीं, इसका जवाब मुझे भी नहीं मालूम। तुम्हारा दूसरा कारण क्या था, सो बताओ।

कमाल बोला—दूसरा कारण है प्यार। वही असली कारण है। जुलेखा ने इतने झंझट किए, किन्तु उसके प्रति मेरे प्यार में कोई कमी नहीं आई। मेरे दिल में प्यार का अथाह सागर था जो मैं जुलेखा के सिवा किसी और नारी को देने की बात सोच भी नहीं सकता था। जुलेखा को अगर मैं छोड़ देता तो उस प्यार को लेकर मैं क्या करता, बता सकते हो?

नहीं, इसका जवाब भी मैं नहीं दे सकता। कौन कितना प्यार का बोझ उठाएगा, वह अपना प्यार और कितनों के साथ बाँट लेगा, यह हरेक का अपना-अपना व्यक्तिगत मामला होता है। बहुत-से आन्तरिक प्यार डेढ़ वर्षों में ही खत्म हो जाते हैं।

अपना तीसरा कारण बताओ।

तीसरा कारण, मैं जुलेखा के स्वार्थ के बारे में भी सोचता रहा। तलाक दे देने के बाद जुलेखा का क्या होता? वह तो मुश्किल में पड़ जाती। उमर अली से तो जुलेखा को प्यार नहीं था, सिर्फ देह का सम्बन्ध था। वह ज्यादा दिन नहीं टिकता। फिर उमर धीरे-धीरे खिसकने भी लगा था, और लड़कियों से मेलजोल बढ़ाने लगा था। देश में उसकी शादी की भी बात चल रही थी। बहरहाल, वह जुलेखा को पत्नी की मर्यादा नहीं देता। इसलिए मैं जुलेखा को तलाक देना नहीं चाहता था।

इतना सब जानने के बाद भी तुम जुलेखा को बिना किसी शर्त के वापस लेने के लिए तैयार थे?

हाँ, था। मैं सारा अतीत धो डालता। पहले दो-एक के साथ उसका शारीरिक सम्बन्ध हुआ था, उससे क्या? तलाकशुदा या विधवाओं से क्या कोई शादी नहीं करता? वे सुखी नहीं होते? जुलेखा लौट आती तो मैं दुबारा शादी के अनुष्ठान करता।

तुम कितने दिनों तक तलाक टालते रहे? वह जो जुलेखा के चाचा आए थे मध्यस्थता करने, वह मीटिंग हुई थी?

उससे पहले एक घटना घट गई थी। उस घटना से मेरी जिन्दगी पलट गई।

बताओ क्या हुआ था, विस्तार से बताओ।

उस मीटिंग के बारे में बातचीत चल रही थी : कब होगी, कहाँ होगी, कौन-कौन रहेंगे आदि। उसके पहले मेरे दिमाग में एक दूसरी चिन्ता घर कर गई। मैंने सोचा, आखिर तक दस लोगों के सामने मेरे दाम्पत्य जीवन पर आलोचना होगी। वहाँ यह तय होगा कि मैं और जुलेखा एक-दूसरे से प्यार करते हैं या नहीं? क्या यह एक हास्यास्पद बात नहीं है? क्या हम खुद ही अपना निपटारा नहीं कर सकते!

मेरा दिमाग अक्सर जैसे शून्य हो जाता। कई महीने से जो दुश्चिन्ता करता आया था सब अचानक कैसे काफूर हो गई। मुझे लगा कि जुलेखा के सामने जाकर अगर मैं हर बात का खुलासा कर दूँ, उससे ठीक से बात कर सकूँ, तो वह जरूर समझेगी।

मैं सीधे मांट्रियल पहुँचा। हिन्दुस्तान से जो साड़ियाँ और उपहार की वस्तुएँ खरीदकर लाया था, वह सब साथ में लेता गया। जब वहाँ पहुँचा, रात के नौ बज रहे थे। अम्मू मिलीं। जुलेखा बगल के कमरे में पढ़ रही थी, मेरे बुलाने पर भी वह नहीं आई।

अम्मू मुझसे अच्छी तरह पेश आईं, वे मीठी-मीठी बातें करती रहीं। मालूम है क्यों? ताकि मैं मीटिंग के दिन कोई झंझट न करूँ। वे तलाक माँगें तो मैं दे दूँ। अम्मू बोलीं—कमाल, तुम्हारी सेहत बिगड़ रही है, तुम थोड़ा अपना खयाल रखो। तुम्हारे सामने बहुत लम्बी जिन्दगी पड़ी हुई है, तुम बहुत

तरक्की करोगे, इस बीच कितने लोग आते-जाते रहेंगे, तुम्हें यह सब लेकर ज्यादा सोचने से काम नहीं चलेगा, आदि-आदि।

मैंने कहा—अम्मू, आप एक बार जुलेखा को बुला दीजिए, उससे मुझे कुछ कहना है।

अम्मू बोलीं—वह तो पढ़ते वक्त डिस्टर्ब करने से बहुत नाराज होती है। पढ़ने के मामले में वह बहुत सीरियस है। उससे तुम्हें क्या कहना है, मुझे ही बता दो। जुलेखा मुझसे हर प्रसंग पर बात करती है, कुछ छिपाती नहीं।

मैंने कहा—वह सिर्फ उसे ही कहूँगा। उसके लिए कुछ साड़ियाँ लाया हूँ, इन्हें रख लीजिए।

साड़ियाँ अम्मू को पसन्द आईं। उन्होंने उन साड़ियों को हाथ में लेकर तह खोलकर देखा, फिर उन्हें परे करती हुई बोलीं—नहीं, अब हम यह सब नहीं ले सकते। तुमसे अब यह सब लेने का और अर्थ होगा। अब तो तलाक की बात चल रही है, तुम्हारे साथ लेन-देन का सम्बन्ध नहीं रहा। तुमने जुलेखा की अपनी साड़ियाँ, ओवरकोट, जूते वगैरह क्यों नहीं लौटाए?

मैंने कहा—वे सब जुलेखा के ही सामान हैं, वह खुद जाकर ले आएगी। मैं क्यों पहुँचाने आऊँ?

फिर कुछ देर तक उन पुराने कपड़ों के लिए ही अम्मू बड़बड़ाती रहीं। रात गहराने लगी थी। मैंने पूछा—जुलेखा क्यों अब भी पढ़ रही है? एक बार उसे बुला दीजिए न!

अम्मू बोलीं—आज रहने दो, तुम किसी और दिन आना।

मैंने कहा—नहीं, मुझे आज ही जुलेखा से बात करनी है। आप उसे सिर्फ पाँच मिनट के लिए बुला दीजिए।

उसके काफी देर बाद अम्मू जुलेखा को उस कमरे में ले आईं। जुलेखा ने पतलून और टी-शर्ट पहनी हुई थी। उसके बाल खुले थे। उसके कमरे में दाखिल होते ही मैं खड़ा होकर बोला—जुली चलो, हम यह सब छोड़कर बहुत दूर चले जाएँ। आज अभी ही निकल पड़ेंगे, चले जाएँगे वैस्ट, कोस्ट, उसके बाद जहाज पर सवार होकर समुद्र पर तैरेंगे।

जुलेखा पहले मेरी बातें ध्यान से सुनती रही। अचानक इस प्रस्ताव से वह चौंक गई थी। उसने सोचा था, मैं शायद झगड़ने के लिए गया हूँ। किन्तु थोड़ी देर के बाद ही उसकी भौंहें तन गईं। वह बोली—मैं तुम्हारे साथ चलूँ? क्यों? तुमसे अब मेरा कुछ भी वास्ता नहीं। मैं बदचलन औरत हूँ। मुझे अच्छी तरह बदनाम करो, और फिर तलाक दे दो!

जुली, मैंने तो तुम्हारे बारे में कुछ भी बदनामी नहीं फैलाई। मैंने तो तुम्हें कभी बदचलन नहीं कहा!

मैं खुद ही तो कह रही हूँ कि मैं बदचलन हूँ! तुम लोग अमीर हो, तुम दूसरी शादी कर लो। मेरे पास और मत आओ। वह सब क्या लाए हो? साड़ी देकर मुझे लुभाने आए हो? तुम्हें शर्म नहीं आती? तुमने मेरी साड़ियाँ नहीं लौटाईं, तुम वो भी नहीं लौटाओगे? मैं जानती हूँ तुम्हारे घर के लोगों ने वह सब हटा दिया है!

फिर उन सब पुरानी साड़ियों को लेकर जुलेखा ने काफी चिल्ल-पों मचाया। मामूली चीज—कुछ पुरानी साड़ियाँ—उनके लिए इतना शोर! मैं तो उसके साथ नई जिन्दगी शुरू करना चाहता था।

जुलेखा मेरी और कोई बात सुनने को राजी नहीं थी। वह हाथ-पाँव पटकती हुई वहाँ से चली गई।

अम्मू बोलीं—कमाल, बहुत रात हो गई। तुम अब जाओ। इसके बाद सारे होटल बन्द हो जाएँगे। देख तो लिया, उससे बात करके कोई फायदा नहीं। तलाक देना ही तुम्हारे हक में होगा।

मैंने कहा—आपके इस बैठक के सोफे पर ही मैं सो सकता हूँ। कल सुबह उससे फिर बात करूँगा। अम्मू, हम दोनों अगर सबकुछ छोड़-छाड़कर दूर चले जाएँ तो क्या वह ठीक नहीं होगा? आप इसका प्रबन्ध कीजिए न!

अम्मू बोलीं—नहीं-नहीं, तुम यहाँ नहीं रह सकते। तुम यहाँ रात गुजारो तो केस पलट जाएगा। उठो, चलो, अब निकल पड़ो। कल सुबह आना चाहो तो आ जाना, अब उठो।

अम्मू ने लगभग जोर करके ही मुझे घर से बाहर कर दिया। मैं धीरे-धीरे सीढ़ियों से नीचे उतरा। नीचे उतरकर कुछ देर तक खड़ा रहा। मुझे तब भी लग रहा था कि वे अन्ततः मुझे बुला लेंगी। किसी समय हमारा कितना अच्छा सम्बन्ध था, यह उन्हें याद नहीं आएगा क्या?

अम्मू ने सशब्द दरवाजा बन्द कर दिया।

गाड़ी में बैठकर पहले मैंने सोचा किसी होटल में ही जाकर टिकूँगा। लेकिन किसी होटल का नाम याद नहीं आया। दिमाग में अजीब हलचल थी। दिशाहीन यात्री-सा मैं सड़कों को रौंद रहा था। एक जगह ट्रैफिक की लाल बत्ती देखकर रुकना पड़ा, तभी एक इकहरे बदन की युवती मेरी खिड़की के पास आकर आँखें मटकाकर बोली—हाई, लव!

वह कैसी युवती थी, समझ रहे होंगे। रात गए वे राहों पर शिकार की तलाश में घूमती हैं। गालों पर रूज, होंठ लिपस्टिक से बेहद लाल—मानो खून पीकर आई हो। पलकों के नीचे नीला रंग, सर के बाल नकली ब्लंड। मैं कभी ऐसी लड़कियों की ओर पलटकर भी नहीं देखता था। उस दिन अचानक क्या हुआ, मैंने सामने का दरवाजा खोलकर कहा—हप् इन।

उसका घर पास ही था। सीढ़ी से दूसरी मंजिल पर चढ़कर उसने ताला खोला। मैं किस उद्देश्य से उसके साथ गया, जानते हो? उस समय दुनिया की हर औरत से मैं नफरत करने लगा था। उसकी पुकार सुनते ही मेरी इच्छा उसकी हत्या करने की हुई। प्यार के साथ जिनका कोई वास्ता नहीं, जो औरतें सिर्फ अपना जिस्म बेचती हैं, उन्हें मैं दुनिया से हटा दूँगा!

जैक द रिपर?

वैसा ही समझो। मेरी मनःस्थिति वैसी ही थी। दरवाजा खोलकर उसने कहा—कम इन, बी कम्फर्टेबल।

कमरे में एक खाट और एक कुर्सी थी। मैं उस कुर्सी पर बैठ गया। वह अपने ब्लाउज के बटन खोलती हुई बोली—मेरा नाम लिज़ है। तुम्हारा नाम क्या है? रहने दो, नाम बताने की जरूरत नहीं, जरूर कोई पेचीदा नाम होगा। तुम मेरे ब्लैक डार्लिंग हो। मैं ब्लैक पिपुल्स बहुत पसन्द करती हूँ।

उसे कपड़े उतारती देख मैंने मुँह फेरकर कहा—कपड़े न उतारो, जैसी थी वैसी ही रहो।

वह विस्मय से बोली—हेई, तुम इतने टेंस क्यों हो? क्या हुआ तुम्हें? रिलैक्स बेबी! पचास डालर पहले मुझे दे दो।

मैं सोच रहा था, किस समय उसकी हत्या करूँ। मैं अपना सारा क्रोध उस दुबली-पतली युवती पर उतारूँगा। किन्तु दस मिनट तक बैठे रहने के बाद भी मेरा हाथ न उठा। मुझसे नहीं होगा। मेरा सारा शरीर काँप रहा था। उसे रुपये थमाकर मैं तूफान की गति में वहाँ से बाहर निकल गया।

गाड़ी लेकर घूमता-घामता मैं हाइवे पर पहुँच गया। वहीं से बोस्टन लौट जाने का विचार मन में आया। और होटल में टिकने की जरूरत ही क्या थी।

मैं बहुत तेज गाड़ी चला रहा था। कितने घंटे लगातार गाड़ी चलाता रहा, इसका ध्यान नहीं था। मानो अनन्त यात्रा पर था मैं। यहाँ तक कि मेरी पीठ दुखने लगी, आँखों में जलन पैदा हो गई। सड़क बिलकुल खाली थी, चारों ओर सुनसान। घड़ी में देखा पौने चार बज रहे थे। एक जगह मैंने गाड़ी रोक दी। उसके बाद अकस्मात मैं रो पड़ा। अद्‌भुत था वह रुदन, किन्तु मैं किसी तरह खुद पर काबू नहीं कर पा रहा था...किसी पुरुष का इस तरह रोना...पता नहीं तुम यह सुनकर क्या सोच रहे होगे?

पुरुषों के रोने में कोई दोष नहीं है। रोना सिर्फ औरतों और बच्चों की ही सम्पत्ति नहीं है।

उसी सुनसान जगह पर मैंने तय किया कि जुलेखा को तलाक दे दूँगा। वह जैसा चाहती है, वैसा ही होगा। भविष्य में कभी जुलेखा से मेरी मुलाकात नहीं होगी।

फिर?

मैंने तय तो कर लिया, किन्तु मेरे दिल का बोझ फिर भी हल्का नहीं हुआ था। दिल में प्यार का वह पत्थर ज्यों-का-त्यों बना हुआ था। चलते-फिरते उसकी याद आ जाती। जुलेखा मेरी जिन्दगी से हट गई थी, किन्तु उसके प्रति

मेरा प्यार बरकरार था, यह एक कठिन समस्या थी। नर्वस ब्रेकडाउन जैसी मेरी स्थिति हो गई। कोई भी काम मैं नहीं कर पाता था। मुझे भय होने लगा, शायद मैं एकदम पागल हो जाऊँगा। मुझे देखकर दूसरे भी यही सोचते। मैं डाक्टर के पास गया।

इसी देश के एक डाक्टर के पास मैं गया था। उन्हें मैं पहले से ही पहचानता था। मैंने सबकुछ उन्हें बता दिया। डाक्टर ने सारा वृत्तान्त सुनकर कहा—तुम्हारी जो हालत है उससे तुम सचमुच पागल हो जा सकते हो। तुम्हें अभी और कोई दवा भी नहीं दी जा सकती। तुम्हारी एकमात्र दवा है नारी। तुम किसी भी औरत के पास जाओ। उससे प्यार करो, सेक्स करो, झगड़ो, जो चाहो करो। यहाँ औरतों का अभाव तो नहीं है। जाओ, तुरन्त जाओ।

मैं गया। किसके पास, अनुमान कर सकते हो? उसी लिज़ नाम की युवती के पास। ढूँढ़ निकाला उसका मकान। वह मुझे देखकर चकित हो गई। ठीक पहचाना था उसने मुझे। वह बोली—यू आर दैट फनी मैन! उस दिन दौड़कर चले गए थे। क्या हो गया था तुम्हें?

उसकी उम्र अधिक नहीं थी। जुलेखा की हमउम्र रही होगी। पहले दिन उस पर मुझे गुस्सा आया था, उस दिन आई करुणा। लगा, अहा, इस बेचारी को प्यार नहीं मिलता, पेट की खातिर तन बेचना पड़ता है इसे। ऐसी औरतों को ही तो प्यार करना चाहिए। इनकी तरह दुखी, निपीड़ित और कौन हो सकता है?

मैंने वे सब उपहार की वस्तुएँ और दोनों साड़ियाँ लिज़ को भेंट कर दीं। वह बहुत खुश हुई। साड़ी हाथों में लेकर बोली—यह कैसे पहनी जाती है सो तो मैं नहीं जानती। तुम सिखा दोगे? मैंने कहा—यह सिल्क की साड़ी है, तुम इसे ड्रेस गेटिरियल के रूप में इस्तेमाल कर सकती हो।

वह घुटनों के बल बैठकर बोली—तुम्हें कहीं से बहुत गहरा आघात लगा है, है न? अपने दुःख का एक हिस्सा मुझे दे दो।

मैंने कहा—नहीं, मैं तुम्हें दुःख नहीं दूँगा, प्यार दूँगा। तुम्हारे जैसी हर औरत की प्रतिनिधि के रूप में तुम्हें मैं अपना सबकुछ दे रहा हूँ।

मेरी आँखों से आँसू झरने लगे थे मानो मेरे दिल से प्यार का वह ठोस पिंड पिघलकर बाहर निकलने लगा था।

उस दिन से मैं मुक्त हो गया।

अन्तिम अंश सुनते-सुनते मुझे दास्तोयव्स्की के 'क्राइम एंड पनिशमेंट' का एक दृश्य याद आने लगा था। सोनिया नामक वेश्या के समक्ष माथा नवाकर रासकलनिकफ ने कहा था—आइ डू नॉट बाउ डाउन टु यू परसोनालि, बट टु द सफरिंग ह्युमेनिटि ऑफ योर पर्सन।

कमाल ने किसी की हत्या नहीं की। मन-ही-मन वह कइयों की हत्याएँ करना चाहता था, यहाँ तक कि खुद की भी। लिज़ के पास हृदयविगलित अश्रुधारा में उसकी वह ग्लानि घुल गई थी।

मैंने पूछा—कमाल, उसके बाद तो काफी समय बीत चुका है। क्या अब भी तुम्हें जुलेखा की याद आती है?

कमाल हर बात हँसता हुआ कहता। अब भी उसने हँसकर जवाब दिया—मेरा प्यार एक जगह रुका हुआ था, अब सबके बीच फैल गया है। किन्तु हृदय जैसे रिक्त हो गया है, वहाँ से कभी-कभी एक हाहाकार निकल आता है। वह किसके लिए, पता नहीं।

❂